네 추락을 낙화로 기억하는 일

1장

2장

광기
흰
몰락
중력
소음
아무 말이나
집단
환상
곁에
눈빛
움직이다
두통
정류장
무표정
공백
얼굴
로봇
발걸음
노래
여름낮
오후
은유
남겨 두다
할 일
조감
달빛
통증
공허함
격려
말없이
여름
서점
운명

3장

답
따뜻한
여차
일요일
바다
결말
물음
유한성
현기증
소금
청춘
속삭이다
허공
조금 더
꿈
무게
기울다
장마
연필
투정
감정
황혼
영원
향기
연
악몽
조건
마음
함부로
완전한
일상
8월
저녁

4장

1장

첫 줄

약속해, 열어 볼 때까지는 얌전히 숨죽이고 있을게

기쁨

그 도톰한 미색 종이 위에서 춤추던 글자들은
이른 봄날 참새 목덜미처럼 포시러운가 하면
문장은 퍽 야들야들하니 삼키기 좋았습니다
당신이 적는 것이면 폭풍우라도 좋았을 텐데
사박사박 걸음마하는 솜병아리 같은 풍경과
주말 오전의 비밀스러운 정적 같은 단어들이
이다지도 보드레한 바람에 마냥 즐겁습니다
편지를 읽고서는 온종일 기분을 뚝뚝 흘리며
사방이 책 속이기라도 한 듯 걸어 다녔습니다
아무래도 더 좋은 답장을 쓸 자신이 없습니다

좋은 말

연일 비가 그치지 않는다
나는 느른하게 널브러져
이유 없이도 싱그러웠던
단어를 하나하나 읊는다
한여름 마당을 적시던 밤
문고리에 매달린 찬이슬
젖은 목소리 들꽃의 냄새
움츠려 앉은 너의 마른 등
그 위로 도드라진 척추뼈
젖은 몸동작 외로운 냄새
검게 찰랑이는 고수머리
설핏 볼을 붉히는 수줍음
살며시 귓등을 두드리는
깨어질 듯 연약한 노래와
물을 머금어 흩어진 별과
와락 쏟아지던 우주의 틈
이유도 없이 싱그러웠던
다시는 없을 칠월의 여름

종이

그렇게 두면 종이가 울잖아.

뭐라고?

종이가 운다고, 젖은 채로 그렇게 두면.

어어.

알았으면 어서 치워.

다정한 언질에도 불구하고 종이는 반쯤 울고 있었다.

반쯤 우는 종이를 냉동실에 넣으면서, 너는 이런 것을 지나치게 좋아하는 것도 문제라고 말했다.

양송이 수프

지독한 몸살감기에 걸렸다. 멍청하면 알아서 잘 피해 가는 줄 알았는데 이번만은 기어코 멍청이에게도 목줄을 채울 셈인지 그 기세가 무섭게 치달았다. 멀쩡하게 고개 들고 다녔다 생각했지만 만나는 이마다 핏기가 싹 가셨다며 걱정했고 언제나, 정말 언제나 걱정만을 현실로 만들기 바쁜 오랜 버릇대로, 한참을 앓았다. 맥없이 '아파요' 하고 실토하자 너는 정확하게 어디가 아프신가요, 하고 물었는데 '눈알이 천방지축으로 튀어 눈꺼풀을 두들겨 대는 것 같고 눈을 감았다 뜨면 그 앞이 온통 시커멓게 암전되듯이 단숨에 어두워지고 몸은 더럽게 추운데 으슬으슬한 감각을 넘어 살결에 닿는 모든 것들이, 심지어 옷감마저 신산스러우리만치 차갑고 뜨겁고 시리고 간지럽고 쓸리는 것처럼 고통스러운데 두개골과 뇌간이 틈날 때마다 맞부딪쳐 심벌즈라도 치는 건지 걸을 때마다 머리가 꽝꽝 울리고 어질어질해 기절할 것 같으니 전신에 힘이 쭉 빠져 털레털레 보기 싫게 걷기 일쑤인데 희한한 노릇으로 처먹은 것이 일절 없어도 메스꺼운 구토감은 끊이질 않아 하늘이 노란색인지는 잘 모르겠지만 자꾸 빙글빙글 도는 모양을 쳐다보고 있노라니 보고 싶고 울고 싶고 울 힘이 없어서 또 보고 싶고 다시 토할 것 같아서 울고 싶고…….' 같은 헛소리가 혀 아래서 남실거렸으나 목이 심하게 잠겨 다행히 입 바깥으로 내지는 못했다. 그냥 전체가 아픈 것 같아요. 그렇다면 일단 약부터 먹어요. 알겠습니다. 그러고는요? 전화기를 어깨에 끼운 채 저녁거리를 고르던 나는 걱정스레 물었고 너는 꼭 머나먼 나라의 신비한 설화 속에 등장할 법한, 너무 길어 이름도 외기 어려운 비밀스러운 물약의 조제법이라도 전수하듯 속삭였다. 음, 양송이 수프가 좋겠어요.

물론 수제는 아니고 레토르트 이야기였다. 홀린 듯 수프를 사 와 포장을 뜯고 물을 붓고, 한소끔 끓이다 불을 낮추어서 나무 주걱으로 천천히 그 안을 젓고 있으려니 너는 양송이의 축복이라며 귀여운 버섯을 연필로 그려 보내 주었다(사각사각 쓰인 '양송이의 축복', 그 뒤에 붙은 간결한 느낌표). 한 몸 바쳐 축복을 내린 양송이 수프를 느릿느릿 떠먹고 있자니 배가 부르고 나른히 졸음이 쏟아지기 시작했다. 과실의 겉처럼 얇고 뜨겁게 스푼에서 흘러내리던 마법은 너무 많이 만들어진 탓에 얌전히 용기에 담겨 냉장실로 들어갔으나, 내일 저녁에 또 먹을 거라 이야기하자 전화 건너편의 너는 흡족해했다. 하양 초록 파랑 알약을 서너 개씩 삼키고 침대 머리맡에 기대었다. 문제의 양송이 그림이 지나치게 사랑스러워 누구에게라도 자랑하고 싶었지만, 곧 관뒀다. 의식이 모래성처럼 무너질 때까지 나는 그 휘갈긴 낙서 같은 그림을 들여다보다 잠들었다. 다 괜찮아질 거예요, 오늘 하루 정말 고생했어요, 몸은 곧 나을 거예요, 축복을 베풀어 줄 거예요. 그 모든 선량한 음성, 선량해서 더욱더 어지러워지는 달콤한 순간들을 꼭꼭 소화시키며 잠이 들었다.

여름날

그해 여름 태양은 목덜미로 세차게 내리붓는 듯한
열기를 품고 있어 데워진 돌 위로 오후가 들끓었다
은연한 미몽 속을 헤엄치는 숨결은 이 순간 나와는
아득히 멀고 영영 돌아오지 않는 이를 흐놀아 운다
지나치게 물어뜯어 끝이 우둘투둘하게 닳은 손톱과
선홍색 비명으로 토해 낸 애처로운 꿈의 조각들과
이것이 아마 끝이다, 이 여름철이 내게 마지막이다

잠깐

"순간은 볼을 사과처럼 붉힌 채 언제나 화가 나
내 곁을 지나쳐 가는 아이 같아 무엇에 그렇게
단단히 심통이 났는지, 할 수만 있다면 그 애를
점심 식사에 초대해 바나나 푸딩과 앵두 파이를
배가 부르도록 먹여 친구가 된 다음, 마지막에는
입천장 델 정도로 뜨거운 초콜릿을 한가득 잔에
부어 줄 텐데, 일 분만 곁에 머무를 수 없느냐고
꼭 그렇게 흔적도 없이 스쳤다 떠나야 하느냐고
아무 이야기라도 좋으니 잠시만 멈추어 달라고
하지만 그 애는 뒤도 돌아보지 않고 사라지겠지
붙들 옷깃 한 줌도 남기지 않고 달아나 버리겠지
양쪽 귓불을 환하게 붉히고 언제나처럼 화가 나
어딘지 모를 다음 식탁 밑으로 쏙 숨어 버리겠지"

흐르는 대로

연골을 부수고 달아났다, 나는 그렇게 쓴다

……무릎뼈와 발목과 척추 사이에 아주 견고하게 콱
조여 있던, 기름 안 친 양철 로봇처럼 삐걱댈지언정
사람처럼 걸을 수 있게 지탱하던 그 말랑말랑한 젤리
같은 것을 망치로 콱 으깨고 너는 자취를 감추었다,
나는 그렇게 쓴다 이제 모든 것이 내 눈에는 마모된
말의 발굽처럼 보인다 과연 여름은 이토록 부드럽고
흐물흐물하게 녹고 있지 않은가 바람에 흔들리는 저
나무 이파리마저 좀 있으면 연둣빛으로 바닥에 흘러
고일 것만 같고 콘크리트 사이로 스며 파아란 나비가
되고 시곗바늘이 되고 비통한 메아리가 되고……내가
잠잘 때 너는 분명 내 혀를 쭉 잡아 빼고 무슨 괴상한
약을 삼키게 한 것이 틀림없다 이렇게 입맛이 텁텁한
적은 전에 없었는데, 이렇게나 하는 일 없이 졸리고
자꾸만 정신이 멍해지던 때는 없었는데, 서걱서걱한
입술 표면을 혀로 쓸어 보다가 나는 창틀에 몸을 괴고
이내 흘러내린다 입술에서는 웃기게도 레몬 사탕 맛이
난다 쓴 약을 먹여 놓곤 마음깨나 아팠던 모양이지, 날
이곳에 가두고 혼자 도망쳐 놓은 것이 너에게는 이깟

새콤달콤한 맛으로 면죄부를 살 수 있을 만치 하찮은
그런 깜찍한 가책이었던가 보지, 이기죽거리며 한껏
표정을 험상궂게 일그러트려 보지만 늘 이 시간이면
그랬듯이 속수무책으로 잠이 쏟아진다 연골이 스러진
무릎을 까마득한 눈물로 적시고 삐걱대며 쓰러진다

솔직함

N에게

정말 고맙게도 너는 제게 뭐든지 말해 달라고 했지만
사랑하는 벗에게, 진정으로 내가 네게 솔직하려거든
마치 길 잃은 아이처럼 내가 프로작과 졸로프트 같은
이름 사이서 가장 복잡한 미로를 만들었다는 사실을
먼저 말해야 한다 하얀 알약을 책상 위에 늘어놓고는
그 수를 꼼꼼히 세어 약병에 도로 담는, 네가 본다면
썩 반기지 않을 행동이 나의 일과가 되었다는 사실을
처음 몇 번은 어린아이에게 주사를 맞게 하고 물리는
과일 맛 사탕 같은 것일 뿐이라고, 다소 우스꽝스러운
자기 최면을 걸어야 했지마는 이제는 그저 무감하게
그것의 수를 세고 찬물을 받아 목구멍 너머로 넘기게
되었다는 것을, 더는 구역질이 치밀지도 않고 속이
메스껍지도 않고 그냥 조금 낮잠을 잤다가 깨었다가
나머지 오후는 창밖을 바라보며 멀거니 보낸다는 것,
말이야 바른 말로 네게 이런 우중충한 이야길 할 수는
없는 노릇이다 이 편지는 당연히 부치지 않을 것이다
대신 깊숙한 서랍으로 들어가거나 불장난을 좋아하는
손에 태워지거나 둘 중 하나겠지, 그러나 네가 뭐든

얘기해 달라 간절히 청했던 것만으로도 나는 기쁘다
오랜 벗에게, 인제는 좀 즐거운 편지를 써야 하겠지
다시 적는 글에는 거릴 걸어가다 충동적으로 장미꽃
몇 송이를 산 얘기를 서두에 쓸까 싶다 향이 얼마나
맑고도 매혹적이던지, 창가 화병에 병아리처럼 노란
장미 다발이 꽂혀 있으니 별안간 모든 것이 화사하고
사푼하게 들뜨는 것 같다……이렇듯 나는 네가 편지를
받고서 조금이라도 미소할 수 있을 그런 이야기를 쓸
작정이다 언젠가는 품속에 고인 말을 죄다 쏟아 낼 수
있을지도 모르지, 그러나 그것이 당장은 아닐 것이다

자기소개

절망은 매번 처음인 것처럼 뻔뻔스레 찾아와

고개를 공손히 숙이고 제 소개를 한다

말투

노란 수선화 뿌리 열세 덩이, 재스민
앵초와 아니스, 백목련과 겨울 동백
장미유와 주정으로 겉을 감싼 향긋함
너를 솥에 넣고 펄펄 끓인 다음에야
거기 비로소 목소리가 남을 것이다

듣다

거긴 까마귀가 엄청나게 많이 살아.

Y는 잠자코 눈을 감고 누워 꽤 잠긴 목소리로 중얼거렸다. 오래된 국도의 전봇대 전깃줄을 따라 쭈욱 일렬로, 일렬로, 일렬로 까마귀가 앉아 있고 바람이 한번 세게 불 때마다 새들이 일제히 확 날아오르는데… …그러면 …는, 원래 새를 무서워하니까 아마 그것도 무서워하겠지, 그러면 좋을 거 같아. 그럼 좋겠다. 거기서 Y는 입을 꾹 다물고 더는 까마귀 이야기를 해 주지 않았다. 취기로 정신이 깜빡깜빡 흐트러지는 목소리라 나는 마냥 얌전히 듣고만 있었지만, 그 시커멓게 창궐한 모습을 두려워하고 소름 끼쳐하는 것은 어쩌면 본인일지도 모르겠다고 생각했다. 사납게 바람이 휘몰아칠 때면 도도하게 날개를 펴고 떠오르는 새무리, 첩첩산중에 자리 잡고 있다는 추억의 장소, 까맣게 윤기가 자르르 도는 깃털과 잿빛 하늘과 점차 흐려지는 뭉게구름, 짙은 수증기 냄새, 내리치며 퍼붓고 좍좍 씻어 버리는 비. 그러나 끝없이 어두워지고 흐려지기만 할 뿐 결코 울부짖지는 않는 날씨, 그런 것을 상상하고 있었다. Y의 이야기는 히치콕이나 PTA의 영화 내지는 섬뜩한 삽화가 그려진 — 그리고 아무리 붙들고 읽어 봐도 여기 어린이가

배울 만한 교훈이 있기는 한지, 있다면 대체 무엇인지 알 수가 없는 — <빨간 구두> 따위의 옛날 동화를 상상하게끔 하는 힘이 있었는데 후자는 실상 별 관계도 없건만 그러했다.

전구처럼 매달린 새떼와 기괴하게 조각이 난 구름들.

휑뎅그렁하니 비어 있는 거리. 눈동자는 머루알처럼 반질반질 빛이 나겠지, 도시의 먼지로 물들어 더러운 날갯죽지에는 붉은 상처도 두엇 남아 있겠지. 난 정작 까마귀를 싫어하지도 않는데.

어쩌면 종말 같을까, 그 풍경은.

취한 Y는 퍽 귀여운 구석이 있어서, 뒤이어 남해의 바닷가엔 둥근 자갈돌이 깔려 있어 파도가 철썩거리다 스르르 빠져나갈 때마다 돌들이 자그락자그락 소리를 낸다는 이야기를 했다. 정말로 좋았는데, 그리고 분명히 좋을 텐데. 같이 듣고 싶어. 물결치는 소리, 거기 차츰차츰 닳아 가는 돌멩이의 소리. 그런 말을 노래하듯이 했다. 바람과 바다와 돌 대신 그 목소리를 들으며, 언젠가 반드시 바닷소리를 배경 삼아 다시 듣고 싶다고 생각했다. 새벽 두 시쯤엔 하얀 하현달이 뜰 거야. 하현달은 수평선 위로 비스듬히 누운 듯 예쁘고 보기 좋겠지. 나는 본디 Y처럼 말하는 법을 몰라 그저 조금 웃기만 했다. 말이 뜻대로 되어 나오지 않는 것은 오래된 천형이므로 서럽지 않다. 귀중한 소리를 직접 전해 듣고도 터무니없는 악필로 옮길 수밖에 없는 것이 억울할 따름이다.

졸음

소년은 야무지게 연필을 쥐고 또박또박 내 하는 말을
받아쓰다가도 늦은 오후의 수마가 몰려들면 부드러운
고개를 처박고 제 마음 가는 대로 연필심을 굴리고는
하였다 앉은뱅이책상 앞 기울어지는 머리통은 햇볕을
고스란히 받아 희게 빛나고 뺨은 사과색으로 물들어
금방이라도 뚝, 떨어질 듯한 소년의 손가락을 치우고
원고지를 들추어 보면 그곳에는 당연하게도 아이의
언어가 있다 고래 사냥 가시 푸르른 열대어 미루나무
싫어, 눈꺼풀 안쪽은 싫어 다시 돌아가기는 싫어 이제
어떤 세계도 엿보기 싫어 입을 다물기 싫어 싫어……
무엇이 그리 싫은지 하얀 종이 위에 흐려지는 글씨로
소년은 계속 싫어, 하는 말만 사각사각 적어 놓았다
그것을 내려다보고 있자니 소년은 잠든 것이 아니라
어디로 끌려간 것이 아닌가 하는 생각이 들었다 엷은
속눈썹이 나풀거리는 눈꺼풀 안으로, 발밑이 초록빛
늪으로 질척거리는 세계 속으로 그러나 잠든 아이의
표정을 말끄러미 들여다보는 그 순간에도 이른 저녁
대청마루는 아무렇잖게 고요하고 평온하기만 하였다

상자

바다 냄새를 전하고자 편지를 쓸까
손바닥만큼 작은 상자 하나를 사서
별빛처럼 곱게 부서진 모래 한 줌과
주홍빛 곡선이 물결치는 조개껍데기
숱한 파도에 닳은 녹색 유리 조각을
넣고 봉하고 주소를 써 네게 부칠까
어지간히 객쩍은 짓만 골라 한다고
예나 지금이나 시시한 건 똑같다고
네가 그렇게 대답하면 좋을까, 아니
그 모습을 보는 내가 거기에 있다면
그렇게 대답할 네가 있다면 좋을까
수취인 잃은 선물이 문밖에 쌓이고
내가 훗날 그것을 살며시 주워 들면
영원히 바다 냄새를 알지 못할 네가
아주 잠시만 내 곁에 앉으면 안 될까

빚

전화 속의 네 목소리를 듣는 것만으로 내가 너에게
수명의 빚을 지고 있구나 생각하던 시절이 있었다

바람

음악 사이로 비가 내리는지
비 사이로 음악이 내리는지
물결에 손바닥이 젖는 건지
손바닥이 물결이 되는 건지
계절이 바뀌어 눈은 녹는지
눈이 녹아 계절은 여무는지
버티기 힘들어 보고 싶은지
보고 싶어서 버티기 힘든지
바람 불어 그대가 그리운지
그대 그리워 바람은 부는지

봄밤

알고 있어, 너도 나를 생각하지?
눈동자 속에서 루비처럼 새빨간
물결 차랑차랑 가슴을 넘어올 때
숨이 가팔라지는 걸 알 수 있었지
너는 눈동자에서 태어난 심장 같아
그렇대도 다 들켜 버리면 어떡하지
하얀 뺨 보면 웃음을 참기 어려워
큰일이야, 네가 나를 생각하므로

나는 지루해 지루해

부디 이번 봄은 말없이 지나가자
얇은 이불 턱까지 당겨 덮을 테니
넌 푸석한 발목이나 만져 주다 가
간질이지 말고, 못내 길들지 말고
헛되이 울지 말고 푹푹 젖지 말고
사실 별로 들여다보고 싶지 않아
거리에 아롱진 산수유, 매화, 목련
아무렴 너는 아무런 죄도 없지만

다 알고 있어, 너도 날 미워하지?
숨이 뜨거운 은처럼 펄펄 끓을 때
별무리 삼킨 듯 허파가 차가울 때
네가 휘두른 무기를 알 수 있었지
“뚝뚝 흘러 파랗게 아물어 가자”
우리는 그 언제부터 홀연히 닮아
인사도 없이 키스를 나눌 수 있네
다행이야, 네가 나를 싫어하므로

내키는 만큼 지겨워할 수 있구나

달이 닳아 없어질 때까지 웃어 줘
속이 환히 보이는 거짓말을 해 줘
사실 사실은 알아채고 싶지 않아
조심스럽게 이마의 열을 재던 손
함부로 피어 너를 미치게 하는 꽃
이리 와서 누워, 봄이 떠날 때까지
나를 떠나지 않겠다고 말해도 좋아
지금 나를 생각한다고 말해도 좋아

그러니까, 그러니까

부디 이번 봄은 가만 누워 지내자
규칙과 손짓과 언어로 눌러 담아도
아름다운 일들은 그 정성을 모르지
“하지만 이 빛은 하릴없이 밝은데”
꼭 헛되이 울거나 푹푹 젖도록 하는
네 말은 어디서 태어나 도착했을까?
끝없이 귀 기울이게 되면 어떡하지
언젠가 네 눈과 처음 만나면 어쩌지

궁금하지 않아, 알고 싶지도 않아

부디 이 빛 위에 말을 얹지 말아
밝고 환한 것들은 약속 없이 오고
아무것도 약속하지 않아도 봄이야

잎

계절은 피었다 지고 너는 그저 질 뿐인데 네 시체를
저미노라면 속에서 고약한 슬픔이 치밀어 온다 고작
찬바람에 제 몸을 내주기 위해 너는 흔들렸었나 신발
밑창을 더럽히기 위해 저 여름 너는 푸른 그늘이었나

손님

몸단장은 화려한 것이 세상에서 제일 좋으리
아침 복숭아에 오른 통통한 이슬로 목욕하고
개천 넘어오는 바람으로 흑단 머리채를 묶고
계수나무 아래 농익어 떨어진 밤을 주워다가
솔바람에 차게 식혀 맵시 있게 옷깃에 끼우고
홍옥으로 바다색 고운 치마에 노을을 들이고
문간에서 입을 비쭉거리는 새초롬한 가을의
저 엷붉은 깃털을 모아다가 입술 색을 입히고
겨우내 마당을 뒤덮은 시린 서리로 분백하고
청포도 한 알 입속에서 다그르르 굴리며 걸어
내 기다리는 네가 오기를 마중 나가 기다리면
너를 태운 그 걸음이 세월처럼 느려도 좋으리

낡은

너는 내 가진 것 중 가장 오래된 생각
입속에서만 살았던 가장 오래된 고백

안아줘

안녕 하는 법을 모르는 사람들처럼
안녕히 잠드는 법을 잊은 동화처럼
안녕하고 돌아갈 길이 없는 것처럼
어깨에 얹은 목소리가 낑낑거린다

조그마한 설움도 크게 부풀리는 목
인적 드문 가로수길과 더 드문 새벽
도달할 수 없는 것이 숨 속에 스민다
행성과 별자리 무력하게 떨고 있는

내 눈은 검어 고요히 웃을 수 있지

안녕을 먼저 선언하면 어른이 된다

그러나 아직은 내내 손을 잡고 있다

일기

토스트를 자르다가 울었다.

자국 없이 우는 방법을 터득했다고 느낄 즈음 도마 위로 무언가 툭 떨어져 부서졌다. 그 모양이 희한하게 둥글어 한참 멍청하게 보고 있었다. 치즈와 달걀과 햄은 어쩐지 마구 난도질한 얼굴을 닮았다. 너는 나의 반, 추하게 우는 몰골까지는 똑 닮지 않아서 다행이야. 쥐었던 칼을 내려놓고 휴대전화를 꽉 부여잡았다. 어른어른하게 앞이 흐렸다. 코가 시큰하게 매웠다. 깨끗하던 왼손은 삽시간에 다시 더러워졌다. 그러지 마, 전화 속의 목소리가 차분히 속삭였다. 실재하지 않는 어떤 빌어먹을 희망, 높은 희망, 언젠가는 죄다 깨부수어야만 하는 희망, 낮고 다정한 목소리는 그것을 닮았다.

전화를 끊고 바닥에 떨어진 물을 닦았다. 난자당한 토스트에서 금요일의 냄새가 났다.

어긋나다

조금만 손을 내밀고 있어도 시리도록 추워진다
햇볕은 손목을 타고 흘러서 광막한 틈에 고인다
벗에게, 이토록 축축한 편지를 어찌 네게 보낼까
때로는 절망의 내용조차 빈곤함을 견딜 수 없다

빛

고단한 눈언저리마다 열꽃이 피어
세상은 제법 봄빛처럼 흐드러졌다
어떤 안부도 없이 앉아 있다 돌아간
오랜 벗의 빈자리를 바라볼 때처럼
생각은 좀체 바깥으로 나돌지 않고
숨을 내쉴 적마다 파랗게 멍이 들어
펜촉에 묻은 잉크가 다 마를 때까지
부질없이 찬란한 문장만 읽고 쓰며
바람 따라 흐늘거리는 저 백목련에
우스운 이름 하나 붙이고 또 붙이고
어질어질하도록 사랑했던 하얀 새벽
잡은 몸 전부 환멸로 물들이던 시간
무명의 홍수가 휩쓸고 달아난 자리
목련은 곱게 폈다가 다시 곱게 지고
전부 쓸모없었다고, 다 허사였다고
우리는 결국 낫지 않는 질병이라고
한때 아득하리만치 높았던 태양은
이제 폭우처럼 떨어져 손을 적시고
버려진 순간마다 마음이 일렁거려
나는 자꾸만 어지러이 흐트러진다

말

Y에게

정리하지 못한 말을 글로 씁니다.

몇 개월 만의 제대로 된 아침 식사였습니다. 샐러드에 치커리를 넣는 사람을 제대로 된 사람이라 이야기하긴 어렵겠지마는, 혀가 아릴 만큼 강한 단맛이라면 그 쓴맛쯤은 상쇄할 수 있겠거니 여겼고 때마침 당신이 곁에 있었답니다. 그러므로 윗입술에서 갈증의 맛이 날 수밖에 없었다는 어느 무더운 날의 변명, 내지는 고해와 같습니다.

몇백 년 전에는 사삿집이고 대궐이고 장터였을 길을 가로질러 바지런히 걸었습니다. 몇백 년을 보전해 온 길이었을까요. 발길 닿은 장소마다 다시 올 것을 쉽게도 약속했습니다. 올해 겨울과 이듬해 봄 같은 단어, 구월과 시월 같은 단어들이 기어코 입을 오르내리도록 가만히 내버려 뒀습니다. 잔물결 같은 토로에 마음 찔린 전적이 많음에도 그러했습니다. 당신과 나는 이상하다는 말만 계속 반복했어요. 이상하다는, 희한하다는. 정말 이상하고 희한하게도 당신이 좋다고 말할 때는 눈꺼풀이 파르르 깜빡거렸습니다. 그보다 서러운 말이 역류할 때면 목 뒤로 힘겹게 삼키며 걸었습니다. 꿀꺽하고 뭔가 식도를 거치는 소리가 났으나 모른 체했습니다.

기분이 이상하네요.

어떤 것이?

아침 식사를 같이할 사람이 있다는 게.

환한 햇살을 네모지게 가둬 놓은 전각은 유독 교교했습니다. 풀밭은 조금 시무룩한 초록이었고 경관은 무섭도록 정교해서 어디다 눈을 두어야 할지 몰랐습니다. 사부작사부작 거닐던 걸음으로는 도저히 둘레를 가늠할 수 없는 고목이 나타났을 때, 이것이 제가 아는 여름의 끝과 닮았다고 생각했습니다. 여리고 가벼운 속살, 순하고 어여쁜 것들은 대부분 봄빛으로 총칭되지 않습니까. 여름은 봄철에 축출되고 남은 연둣빛을 짙은 녹음으로 바꾸고, 어린 새순을 웃자란 푸새로 키우고, 종비나무와 가문비나무를 단단하게 만들기 마련인데 수십 번의 절기를 새우고도 수십 번 무릎 꺾인 역사만 목리에 남아 밑동조차 더 굵어지지 않은, 그러한 나무는 이 여름 — 맥맥이 치벋고 생동하는 계절과 진작 아무 관계도 없어지지 않았겠습니까.

작년 칠월의 짧은 밤으로부터 오늘 팔월의 마지막 새벽에 이르기까지 다음, 다다음, 그리고 그다음 여름까지 기약하면서도 성숙은 전제하지 않는 잔꾀 또한 모두 제 것이지요. 자라지 않았으므로 볼품없는 밑동을 당신이 들여다볼까 걱정스러웠습니다. 이미 옛적에 고루해진 마음과 그 마음이 먹이고 키운 몸을 남루하게 여길까, 참담했습니다. 잠을 설칠 만큼 부끄러웠습니다. 뱃속에서 깔끄럽던 말이 혓바닥 위에서나마 술술 미끄러웠다면 얼마나 좋았을까요. 그러나 부끄러움은 쓸개처럼 맛이 썼고, 저는 많은 기회를 놓쳤습니다.

누군가 미워해 주기만을 바라는 사람 같아.

그래서 미워해?

아니.

왜, 하고 물으면 슬픈 눈을 돌릴 것 같았습니다. 슬픈 눈을 쓸어 보면 추적추적한 것이 달라붙을 것 같았습니다. 하지만 그런 감촉은 비 맞아 애처로운 날짐승과 같아서 잠시 품에 대가리를 치받을 뿐, 우스울 만큼 점성이 약하고 쉽게 메마르지요. 아주 찰나만 유효한, 속을 내보이는 동안에만 완전히 무방비한 얼굴. 당신의 즐거움보다 우울이 제 것이어서, 그래서 그 오후가 온전해졌다고 말한다면.

그건 틀림없이 잘못을 짓는 일이겠지요.

머리가 뜨거워 고개를 듭니다. 시간은 한낮을 향하고 있어 차차 빛과 열이 거셉니다. 아름드리 고목의 이파리와 눈 시린 잔디 속에서 이름 모를 풀벌레와 쓰르라미가 지독하게 목청을 틔워 울고 당신은 무언가 고요한 말을 하고 있습니다. 모양새가 아름다워 가만있어도 노래를 부르는 것 같습니다. 두

발이 아슬아슬해서 저는 금방이라도 중심을 잃어버릴 것 같습니다. 발이 많이 달린 생물은 발이 많기에 더 안정적일까요. 발이 많기에 잘 넘어지지 않을 수 있는 것인가요, 발이 많기에 제 발들이 무섭지 않을까요, 발이 많기에 한번 넘어지면 다시는 스스로 일어날 수가 없는 것일까요.

당신은 여전히 이야기하고 들리지 않아 저는 울 것 같습니다.

더 이상은 돌처럼 침묵할 수 없어, 제 입을 틀어막고 버틸 수가 없어서, 하여 처음 입이란 것이 트여 말을 하기 시작했을까요. 지껄이고 뇌까리고 그야말로 폭포처럼 쏟아내기 시작했을까요, 제 혓바닥 위에서 데굴데굴 구르는 말맛을 보고 사람은 미쳐 버렸을까요. 미쳐서, 아주 미쳐서 다시는 입을 다물 수 없는 저주에 걸렸는지도 모르지요. 선량한 이들의 귀에 비밀을 불어넣어 이야기라는 것을 만들고, 바람에 이야기를 실어 소문이라는 것을 만들고, 소문은 사람을 죽인 다음 한 번을 더 죽이고, 사람을 죽인 말은 본 형태도 없이 진창으로 오염되고 오역되어 그들은 마침내 서로를 증오하던 말로 서로를 사랑했는지도 모르지요.

사실 그런 건 궁금하지 않습니다. 하고 싶은 말도 이런 것이 아닙니다. 그 좋은 한낮, 마주앉아서 느릿느릿 식사하고 같이 걸으며 손차양으로 햇볕을 가릴 동안, 앞이 밝고 환한 동안에는 아무렇게나 내버려 두어도 다 괜찮은 것들이었습니다. 구월이며 시월의 서늘함이나 다가올 어느 시간대의 찬란함을 담보하지 않아도, 한자리에 멍하니 서서 말없이 몇 시간을 머물더라도, 손가락을 걸며 약속하지 않고도 그저 모든 것이 다 좋았습니다.

그러나 Y에게,

입을 열어 말하지 않고서는 이 여름을 지나갈 수가 없습니다.

부디 저를 위해 건강하기를.

총총

원망

감상적이고 멍청한 게 꼭 저를 보는 것 같았어요
그 애는 찻잔을 다 비울 때까지 아무 말이 없었죠
지루한 모양인지 새 구두를 자꾸 못살게 굴었어요
테이블 아래로 불규칙하게 맑은 소리가 나는 걸요
아시다시피 선생님, 구두 뒤축을 아무리 두들겨도
그 동화처럼 다른 세계로 갈 수는 없는 거잖아요
하다못해 마음속에 있는 집조차 찾지 못하잖아요
그 애는 제 엄마의 손을 잡더니 이내 가 버렸어요
오후의 해가 뜨거워 제 몸은 흐물흐물 녹아 버리고
머릿속에서 웬 꼬마가 어슬렁거리며 절 비웃어요
바보라고 말하는 것 같아요, 그래 그런 것 같아요
아시다시피 선생님, 약병에 담긴 걸 죄 먹어 치워도
맘대로 키가 늘었다 줄었다 할 수는 없는 거잖아요
하다못해 이 한낮조차 저는 통과하지 못하잖아요

나약한

아무리 닫아도 햇살이 비집고 들어와 먼지를 부수는
하얀 한낮 나는 당신의 소중함을 몰랐다기보다 내가
이리 연약한 것들로 구성되어 있음을 몰랐던 것이다

새벽

안녕

커피를 잔뜩 사들였습니다
새벽은 어둡게 평화로워요
냉동실에서 얼음을 꺼내다
당신 생각을 엎질렀습니다

부주의한 손은 금세 차가워
얼어붙기 직전 닫았습니다
얼음 조각을 잔에 빠트리고
영롱하게 검은 물을 저으며

뻔하게도 오래 생각했지요

잠든 이의 속눈썹과 어깨와
입을 통해 숨을 얻는 바람과
어둠 속에서 드물게 빛날 뺨
한기를 머금어 더욱 견고한

그 밤도 제 것처럼 조용한지
풀숲에서 무언가 쓰르르 울고
여름밤에 지은 노래는 언제나
비의 흔적으로만 스러지는지

영롱하게 검은 불면을 달여
차갑게 식혀 곁에 앉히고는
당신의 밤 역시 저의 것인지
조금은 오래 궁금해했습니다

어슴푸레한 밤빛 뒤로 숨어
저는 엎지른 것을 치웁니다
평화를 더 사 두기로 합니다
이토록 안전한 적막을 베고

반쯤 잠든 손끝으로 씁니다
내내 잘 자야 하는 당신에게

안녕

어느 날

나는 나를 귀애한다는 이들이 말하는 푸른 점,
팔뚝 아래에서 송어처럼 몸을 뒤채는 이 감정
시에서 무엇을 걷어 내도 그 바깥에 또 무언가
존재한다면, 그 기대를 아주 저버리고 말았다
조금 떨떠름하게 내 쇄골께를 바라보는 눈빛
꺼림칙한, 나는 오히려 그 시선에 익숙하지
보이는 게 전부가 아니라는 선량한 이야기는
빈속의 토사물처럼 말갛고 담하기 그지없어
어느 순간에는 언제나, 보이는 것이 다였다
예컨대 라즈베리 잼, 보드라운 빵, 들장미 차
달콤함 속에서 나는 논쟁하지 않으려 했지만
어느 날에는 반드시 증오와 분노만이 다였다
설탕만 삼켜 다디단 입을 개구기로 고정하고
나의 이쪽에서부터 저쪽까지를 재어 본다면
어쩔 수 없이 시큼한 악취, 기묘한 악취미와
백 년 전 먹었던 말까지 들여다보게 될 텐데
문제는 그것들을 박박 씻겨 거품으로 문대고
볕에 말려도 내가 순정해지지는 않는다는 것
그러므로 서글픈 마음이란 마음에서 머무르고
치기가 결행으로 도약하지 않는 편이 나았다

하루 더 부지하다니, 그에게는 잘된 일이지
그러나 어느 시대에는 악의만이 순정했고
그것이 내 시작부터 끝까지를 먹여 살렸다
이토록 거드름 피우며 뇌까릴 수 있는 것은
다른 입이 너 그러했노라, 일러 주었기 때문
그에겐 다행스러운 일이지, 나는 그 이후의
생활에 관해서는 아무것도 기억할 수 없고
그게 병이었다는 사실은 퍽 뒤에야 알았다
일기를 한 번, 두 번, 서른 번 읽은 다음에야
어제 일어난 사건들을 나열할 수 있었으니
농담처럼 웃어만 준다면, 그걸로 된 거였다
햇빛은 황금색 실금처럼 얇게 살갗을 베고
유리를 통과하자마자 바삭바삭하게 부서져
작고 귀여운 사탕으로 창틀에 떨어졌으나
수천의 밤이 지날 동안 들여다보지 않아
알알이 썩은 단내만 안개처럼 자우룩했다
적어도 이 삶은 산문보다 운문에 가까워서
맥락을 이해하기 어려웠고, 종종 어여뻤고
나를 비웃었으며, 무엇보다 낭비가 많았다
결코 테이블 위에 남길 것을 남길 수 없는

삶, 이 어느 순간들의 전부로 이루어졌다면
그건 결코 나의 전부가 될 수 없다는 사실만
겨울 창틀에 조용조용히 몸을 부딪다 쌓였다
곁에는 라즈베리 잼, 보드라운 빵, 들장미 차
하지만 이토록 솔직한 글을 써도 좋은 걸까
어느 겨울밤에는 그런 생각이, 그저 다였다

옆

네가 무슨 꿈을 꾸는지 알 수 있다면. 수단 가리지 않고 방긋 문을 열어 오로라 색 편린을 엿볼 수만 있다면. 얼마나 하얀 꿈이기에 그 호흡은 슬플 만큼 조용한지, 무슨 수로 이토록 깊이 침묵할 수 있는지. 어떻게 곤히 잠든 도중에도 속삭임에 응답하듯 손등을 토닥거리는지, 어째서 좋아한다고 말해 보면 자늑자늑하게 웃는지. 하필 안아 달라는 청에 느슨히 나를 끌어안는지, 네 머리카락은 어쩌면 이렇게 부드럽고 피부는 왜 이리도 연약한지.

생각

어쩐지 내부에서 들끓는 고백 대부분은 서간문으로
이어진다는 생각을 합니다 영양 없는 소음에 불과한
무엇, 강박적으로 글자 수를 재는 우스운 버릇 따위가
이다지도 쉽게 써진다는 것은 얼마나 악한 일인가요
그 얼마나 수치스러운 일인가요, 그건 사실 저의 탓이
아니라 전적으로 이 손의 잘못이며 이 손의 공입니다
그저 조금만 느긋해지면 늘 쓸모없는 것에 잠식당해
양념도 치지 않은 맹숭맹숭한 혀로 쏟아 버리기 바쁜
무게 없는 말, 사람의 삶 언저리에도 앉지 못하는 말

이토록 서툰 발악을 당신이 과연 언제까지 사랑할까

요즈음 무얼 하고 지내느냐고 다정하게 물으셨지요
연민도 아니고 미움도 아닌 감정 하날 추스르지 못해
추깃물 내 풍기는 거짓말을 입속에서 한참 굴리다가
결국은 툭 뱉어 버렸습니다 혀로 만질 때는 그저 꼭
냉장실 채소 칸에서 썩어 가는 양파 같던 그것이 공기
중으로 빠끔히 고갤 내밀자마자 아, 정말이지 얼마나
듣기 좋은 말로 변하던지 그 황홀경에 저 혼자만 취할
수 없다는 게 약이 올라 눈시울이 뜨끈뜨끈해지는데

설상가상으로 당신은 칠월 능소화처럼 해사하게 웃고
햇살은 꼭 그보다는 연하게 좋고 바람은 꼭 알맞도록
하늘하늘하며 떨어지고 아무래도 그 풍경을 역겨워할
자신이 없어서 저는 또 한 번을 그렇게 져 주었습니다

입만 열면 이런 꼴이니 서간문이 매번 수신자를 잃는
이 괴현상도 과히 비밀스런 일은 아니라 하겠습니다

사실 날로 수상해지는 건 제가 아니라 당신이었지요
우연히 만난 이를 친구로 여기는 당신, 그 작은 책방을
마음 가는 대로 휘젓고 돌아다니는 당신, 고양이에게
수도 없이 깨물리면서도 너는 고양이 없지, 하고 저를
도발하기를 즐기던 당신, 시럽도 우유도 한 방울 들지
않은 쓴 커피를 연거푸 마시면서도 쿨쿨 잘 자던 당신
맥주 한 모금에도 삽시간에 온 얼굴이 붉어지던 당신

저는 가끔 공연히 당신의 책방 앞을 서성이곤 합니다
여전히 연노랑 털빛이 사랑스러운 그 고양이를 만나
두어 번 쓰다듬다 결국은 손가락에 생채기를 냅니다
생략된 구간 안에는 차마 담지 못한 추한 언어가 넘쳐

당신에게 보내는 편지는 끝이 나지 않을 것 같습니다
생활은 여기서 저기로, 세월을 건너뛰듯 쉬이 흐르고
어른들 농담을 이해하지 못하는 어린애라도 된 듯이
이상하게도 어느 순간 호흡이 가빠 옵니다 살아가는
일은, 눈을 뜨는 일은 점차 어려워지고, 어지러워지고

저는 잘 지냅니다, 잘 지내지 않으면 이럴 수 없겠지요

그러니 부디 걱정하지 마세요, 종종 바람 불고 두 뺨이
차가워지는 날이면 꼭 이렇게 당신을 생각하겠습니다

고마움을 담아,

총총

빗소리

빗소리를 전하기 위해 편지 쓰는 날이 아주 오랫동안
이어질 것 같다 이 소리를 점과 선으로 구현하는 것은
아무 소용에도 닿지 않겠지, 하지만 너는 똑같이 점과
선으로 이루어져도 아름다운 게 있지 않으냐고 말할
것이다 그렇지, 쇼팽의 빗방울 프렐류드 역시 처음엔
까만 점과 까만 선이었을 테지, 우리는 우연히 들어간
극장에서 영화 하나를 보고는 엔딩으로 그 전주곡이
나오는 것을 들으며 내내 꼼짝할 수 없이 앉아 있었다
크레딧이 다 올라가고 외부로 나와 익숙한 식당으로
카페로 발길을 옮기는 와중에도 하필이면 그 영화의
말미에서 그 곡이 흘러나왔던 이유가 뭘까 고민하다
그만 하루를 다 소비해 버렸다 해결해야 할 과제들과
커피를 눈앞에 두고도 지식은 죄 쏟아 버리고 커피를
머릿속으로 들이붓고 있는 판국이었으니 아마 모르는
사람의 눈에는 우리, 이도 저도 아닌 미친 사람들처럼
비쳤을 거야, 결국 우리는 이튿날에 같은 영화를 또
한 번 보았고 두 번째 보고 나자 다행히 모호하던 것은
어렴풋이 이해가 됐다 왜 하필 빗방울이었는지, 다른
곡이 아니고 그것이어야만 했는지, 전주곡은 여전히
영화에 잘 어울렸고 너는 시험이 끝나 작업실 오면 꼭

그 곡을 한번 쳐 주겠다고 했다 그러면 비 오는 날보단
맑은 날에 듣는 게 낫겠어, 내가 말했다 햇볕이 좋은
날에 그 곡을 들으면 여우비라도 내리는 것 같을 테니

희한하게도 그게 오 년 전 일이다 오 년 전의 여름에는
그런 이야기가 우리에게 당연했다 당연한 건, 어쩌면
아주 방종한 것, 치명적인 것, 나태한 것이었고 우리는
글쎄 그렇게 자라서 어른이 되었나 기연가미연가하며
그 문턱 안쪽을 아직도 기웃거리고 있을 뿐인가, 너는
내가 이렇게 말하면 꼭 인상을 보기 좋게 찡그리면서
순간에 머물러 있는 건 싫어, 하고 진저리를 칠 것이다

바람 한 점 없이 맑은 날 빗방울을 들려주던 자리에서
그러나 정말로 한 발자국도 비켜나고 싶지 않았다고,
내가 말한다면 너도 아주 잠깐은 이것을 이해해 줄까

입자 고운 햇발이 발목부터 턱 밑까지 차오르는 동안
멜로디가 방 안을 거니는 동안 세상은 환하고 밝았다

백건의 나뭇결 속으로 융해되듯이 매끄럽게 스미는
갸름한 손가락이며 푸른색으로 툭툭 튀어나온 핏줄을
가만 바라보고 있노라니 나는 자연 할 말이 없어져서
에튀드도 아니고 협주곡도 아닌 아주 조용한 서곡에
완전히 매몰되듯이 열중해 있는 것을 지켜보노라니
나는 그만 영원히 여기 있어도 좋겠다는 생각이 들어
곡이 끝나고 한참 지나서야 뭐해, 하는 말에 어어 하고
시선을 드는데 실은 그때 네가 한 말이 참 가관이었다
괜찮았어? 괜찮았느냐고, 어휘란 것의 보잘것없음에
새삼 당혹스러워하며 나는 좋았어, 라고 답할 수밖에
없는 내 가난한 표현력에도 그날 내내, 아니 몇 주가
저물고 몇 달이 흘러가도록 내처 몹시 절망스러웠다

이 말은 그러니까 N, 한 번도 네게 소리 내어 고백한
적이 없는 말이다 그래서 지금은, 책도 그때보다는 더
읽고 십수 번의 장마 속에서 살아남은 지금은 더 나은
말을 찾아냈는가 하면 부끄럽게 고개 저을 밖에 없다

하긴 우스운 일이지, 그저 가없이 머무르기를 바라며
동시에 감히 발전을 꾀하고 찬란한 문장을 원하다니

빗소리를 전하고자 편지 쓰는 나날이 계속될 것이다
차가운 는개가 내리는 이 밤을 다해 나는 천천히 쓴다

네 피아노보다 아름다울 수는 없으나 이 짧은 글 또한
쪽빛 잉크와 흰 종이로 이루어진 선율을 품고 있기를
저 안개와 외로움 같은 것을 조금은 닮아 있길 바란다
이것이 너를, 아주 잠시 순간 속에 있게 한다면 좋겠다

소중한 벗에게, 부디 건강하기를

폭우

어떤 밤에는 밤새 울음소리를 받아 적었다
아침에 눈을 뜨고 보면 헛구역질이 나왔다

그냥 펴 보지 않으면, 뒷장을 넘기지 않으면
앞으로 걷지 않으면, 다음 현을 켜지 않으면

좋을까, 좋을 텐데, 좋겠다, 틀림없이 좋겠지

저 새는 가슴 쪽 깃털만 앵두처럼 빨갛구나
네 말에 나는 그것을 심장 같다고 기록하고

폭우처럼 별이 떨어지는 한여름 가만히 서서
그대로 발목부터 녹아내리기를 기다렸노라고

어떤 여름에 나는 단단한 심장이 되고 싶었고
사정없이 찢기고 밟히는 호흡이 되고 싶었다

어떤 밤도 여름도 길게 머무르지 않았으므로
이상하게도 그런 일은 영영 일어나지 않았다

2장

광기

너는 자주 다쳤다

사람을 내내 진저리치게 할 만큼은 꼭 자주 다쳐 왔다

닫히는 서랍에 손이 끼어서, 식탁 모서리에 부딪혀서
오븐에서 뜨거운 것을 꺼내다가, 저녁 재료를 썰다가
자전거를 타다가도, 무던히 걷다가도, 멈춰 있다가도
그냥 쾅- 하고 충돌해서, 툭- 하고 부서져서, 그리고
찔끔- 하고 예의 눈물이 새 발의 피만큼 흐르면 너는
애써 숨긴 보람도 없이 내게 다 들켜 버리는 것이었다

이유야 넘치도록 많았고 출처는 빌어먹도록 명료했다
찰과상, 교창, 타박상, 탕상, 골절상, 열상, 자상, 너는
몇십 년 치의 악운을 일찌감치 빼어 쓰는 것처럼, 혹은
죄지은 이들 대신 십자가를 지는 옛이야기의 성인처럼
그렇게 많이 다쳤고 생딱지 엉긴 상처가 흉터로 옅어져
아릿한 소독약 향기만 맴돌 무렵이면 또다시, 그 위에
물감처럼 선연한 색을 덧칠해 왔다 심약한 네 어머니는
눈물을 선녀의 미안수처럼 찍어 바르며 널 돌봐 줄 것을
부탁하셨는데 그것이 그분의, 어떠한 유언과도 같음을

일찍이 직감했음에도 나는 그저 당장의 면피를 위하여
생그레 웃어만 보였을 뿐, 아무렴 그게 제 할 일인 걸요
걱정하지 마셔요 따위 입에 발린 말로 그분을 안심시켜
편히 눈감게 하고 싶지는 않았다 어쩌면 그게 나의 죄,
였으므로 참말 네가 주변인의 고통을 대신 짊어진다면
내 궤도를 공전하고 있는 너는 내 과오가 무거워질수록
속력이 느려지고 차츰 다리를 절게 될 것이 틀림없었다
과연 네 불가사의한 불운이 어떤 원리로 작동하는지는
모를 일이지만, 나는 어렴풋이 사유를 짐작하고 있었다

정신 차리고 잘 들어, 이런 기세로 다쳐 오다간 언젠가
더 다칠 수 없을지도 몰라 내 말 알아들었니, 너는 다소
겁을 먹은 눈치로 천연덕스레 고개를 주억거렸고 나는
너를 한여름에 생기는 초파리보다 더 성가시게 여겼다

그 새끼 좀 늦게 입대했다고 하던데요, 아는 목소리가
전하던 소식에 과연 네가 무사히 돌아올 수는 있을는지
염려하기보다 그러면 이제 당분간은 안 봐도 되겠구나
하는 생각부터 들었던 까닭은 우스운 변명 나부랭이에
기력을 낭비할 필요도 없을 만큼, 내가 너를 싫어했기

때문이었고 너는 매번 과다 투여한 감미료처럼 사람을
하염없이 질리게 했기 때문이다 흡사 월례 행사처럼
굳어진 병문안을 가면 울긋불긋 역력한 상흔을 줄줄이
매달고 설탕 대신 사카린을 처넣은 것같이 달게 웃는
모양새가 너무 짜증스러워 사과를 깎아 면상에 던질까
생각도 했다 이번에는 또 뭐냐? 어딜 또 상해서 왔어,
대개는 허리나 팔다리 등, 목 아래쪽으로 국한되었지만
워낙 부주의한 놈이니 얼굴 다치지 말라는 법도 없었고
그러면 병실 풍경은 한층 희극적인 대비를 이루곤 했다
잇꽃처럼 새빨간 멍울 위로 감긴 붕대는 박속처럼 희고
복사꽃처럼 해끄무레한 미소는 그지없이 멍청해, 그런
광경을 턱 괴고 바라보노라면 자연히 배알이 뒤틀렸다

별것 아녔어 그냥 계단 좀 내려가다, 삐끗해서, 그냥,
별거 아닌데 입원을 해? 검사만 끝나고 금방 퇴원해도
된대 그러니까 걱정할 필요도 없고, 봐 봐, 멀쩡하잖아

나는 믿지 않았고 너는 거기 일주일을 더 있어야 했다
네가 성냥개비처럼 쉽게 부스러지는 아이였던 데 반해
나는 잔병치레와는 거리가 멀었으며, 경미한 사고로도

앓아눕는 너와는 달리 나는 사흘 밤낮을 구타당하고도
자랑스레 내보일 흔적 하나 남기지 않은 채 거짓말처럼
깨끗이 나았다 같이 홍역을 치러도, 똑같이 넘어져도
너와 네 고통을 대등히 여기는 사람은 아무도 없었다
나는 곁에 있었기에 딱 알맞은 비교 대상이었고 그네들
이야기에 따르를 것 같으면 둘도 없는 너의 지음이었다
모쪼록 '사고 치지 못하도록' 널 잘 보고 있어 달라는
권유 비슷한 권고를 받은 것도 아마 그즈음이었겠지
물정 몰랐던 철부지는 — 이것도 변명, 저것도 변명 —
몸 성할 날이 없는 또래 철부지를 진실로 걱정했기에
진자리 마른자리를 백방으로 살피고, 어디 험한 장소를
갈라치면 뜯어말리며 우애 극진한 혈육이라도 된 듯이
너를 보호하려 들었다 어디를 가든, 뭘 하든 지켜보고
있다면 아무 일도 없을지 모르지 저기 바깥에 송곳니를
세우고 남실거리는 파도 같은 어떤 위험과 모함이라도
미리 알고 피할 수 있다면, 아니 실은 그렇게 거창하고
어려운 것들 없이도 그냥 어쭙잖은 의협심과 의무감에
몸을 맡길 적당한 아이만 네 곁에 머물러 있어 준다면

그리고 봄이 왔다

내가 너 대신 다쳤던 날이었을 것이다 대체 어쩌다가
그리되었는지 머리 아픈 정황 같은 것은 기억에 없고
다른 이도 아닌 네가 왜 옆에서 펑펑 울고 있었는지도
짐작 가는 바가 없다 이미 오래전에 드레싱을 끝냈을
환부의 통증이 점점 심해지고 있다는 느낌을 제하면,
네가 내 자리에 앉아 있고 나는 네 자리에 누워 있다는
몹시 기묘하고 혼란스러운 깨달음이 감상의 전부였다
현실감이라고는 요만큼도 없는 현 상황을 전해 들으며
(작게 훌쩍거리는 소리가 섞여 아주 시끄러웠다) 나는
혹여 머리를 다친 건 아니겠지 하는 걱정을 잠시 했다
정신없이 약 기운에 취해 잠들었다 깨어났을 때, 너는
어쩔 줄을 몰라 하며 아이스크림 한 통을 들고 있었다
꽃 같은 거 사 오면 몇 대 칠까 했는데 그래도 최소한
눈치는 있구나, 뇌까리며 숟가락을 두 개 꺼내 오는데
너는 아무 말 없이, 사람을 요연하게 하는 특유의 까만
눈초리로 나를 빤히 지켜보다 기분이 어때, 이상하게
울 것 같은 얼굴로 묻는 것이다 눈썹을 일그러뜨리며
무슨 기분? 아무 생각 없어, 맛있네, 그렇게 지껄였던
아주 찰나, 복사꽃처럼 웃어야 하는지 고민되기는 했다
다 먹을 수 있을 것 같았지만 정작 반절도 먹지 못했다

아마 그때부터였겠지, 네 존재를 견딜 수 없어진 것이

아이스크림은 결국 버려진 채 추운 냉동실로 들어갔고
나는 다시 만나지 않을 사람처럼 너에게 패악을 부렸다
지나치게 무거운 것들은 꼭 가라앉듯이, 가라앉기 전에
제 안의 부피를 빼내기 위해 발광하듯이 몸부림을 치고
물리적인 것 이외의 폭력이라면 서슴없이 쏟아부었다
그건 부드러운 표피로 싸인 겉을 찌르기 위해서가 아닌
여태 아무도 침범하지 못한 내부를 죽이기 위해서였다
수없이 베이고, 끓는 물에 데고, 이빨에 물리고, 찢기고
격돌하고 파열되고 으스러지며 제 형태를 찾은 네 몸이
그럼에도 기필코 오염되지 않았음을 목청껏 울부짖는
나는 무결하며 죄가 아니라고 외치는 맑은 목소리들이

싫어, 하고 말하면 그걸로 모든 꿈을 박멸할 수 있을까
미워, 하고 되뇌면 나는 네가 오롯이 미울 수 있었을까

약기운으로 시선이 느려지던 순간 이미 봄은 지났으며
"…영영……모를 거예요 그 애……아주 어릴 적부터…"

창밖으로 한여름이 불고 있다는 사실을 깨닫게 될 즈음
바람에 휘늘어지는 책장처럼 너는 맞은편에 앉아 있다
다물린 입술은 미동 없이 눈길은 나를 차게 건너다본다
말을 걸어도 너는 대답이 없고, 뻗고자 하면 손이 없다

"…아무래도 이 증상……더는……몹시 유감스럽지만…"
벽에 머리를 붙이자 나를 이야기하는 말소리가 들린다
의사들은 진짜 환자 대신 날 가두기로 결정한 모양이다
고개를 돌리니 맞은편에 앉아 있던 너는 사라지고 없다
증발해 버린 듯, 정오의 햇볕에 말라 가볍게 날아간 듯

타인의 잘못과 거짓으로 다치던 너, 가족을 잃었던 너
습관처럼 내쉬는 한숨으로 겨우 낮과 밤을 이어 붙이던
내가 저주하고 야유하고 증오하고 가엾어하던 아이는
이미 여기 없다 남은 것은 찻잔 한 개, 찻숟가락 한 벌
새하얀 옷자락, 아무리 힘주어 당겨도 열리지 않는 문

내가 지켰다고 믿었던 것은 이 자리에 없다 남은 것은
영원히 박제된 계절, 너처럼 웃는 법을 배우지 않은 나

정해진 궤도를 돌고 있던 우리는 이제 어디에도 없다

흰

함부로 이야기를 청하고선

봉제선도 없고 실밥도 없는
매끈한 슬픔을 기대했구나

담그어도 몸 더럽히지 않을
흰 사람을 원한 모양이구나

몰락

나는 그가 낳았던 것 중 가장 더럽고 추한 일이다
나는 네가 쥐었던 숨결 가운데 가장 무가치한 것,
이 도시가 가졌던 걸음 중 가장 무도한 소음이다
지하는 굶주렸는데 송전탑으로 봄이 기어오른다
오후 세 시의 옥상으로 어린 고양이들이 몰려들고
솜털은 건기를 맞아 바삭바삭하게 이끼가 마른다
어슴푸레한 숨의 바로 밑까지 삶은 침수되어 있다
너무 오래도록 헤엄쳐 굳어 버린 팔다리를 끊으며
푸른 비늘로 꾸민 면류관 같은 꿈을 몇 년씩 꾼다
시취가 물씬한 빈 계단을 헤아리듯이 오르며 나는
몇 년째 서서히 헐거워지는 너의 냄새를 맡는다
한때는 미끈히 희었을 손목뼈에 목덜미를 베고
나는 죽어서도 생육하는 것이 있었나 생각한다
귀를 기울이면 목청이 퇴화하는 소리가 들린다
차가운 수초가 너울거리는 갈비뼈 내부의 풍경
한 조각씩 결말을 갈라 먹고도 배가 고파 울던

너는 내가 누웠던 아픔 중 가장 찬란한 일이다
이 아름다운 현관에는 빛이 내려올 자격이 없다

중력

우리는 서로에게 무참한 질량이 되고 말았구나.

중력과 장력을 혼동하지 말기로 해. 사실 누구의 잘못이랄 것은 없지. 높이 띄운 연은 바람 냄새를 좋아했기 때문이야. 구원은 모서리가 들쭉날쭉했기 때문이야.
맑은 기억에는 거치적대는 것이 없어 사르르, 손 틈새로 빠져나가고 우리는 수챗구멍에 고인 미움을 더 미워하게 만들어졌기 때문에.

그렇다면 탁류의 잘못이란 이물질의 잘못. 에그 마요네즈 샌드위치를 베무는 저녁에도 우리는 허우대가 멀쩡한 괴물을 꿈꾸기 때문. 마루에 철퍼덕 엎어져 울고 싶은 발레 슈즈는 파드되의 약속을 차마 믿지 못하기 때문. 제발 그만할 수 없어? 이 이상의 불합리는 견딜 수 없어. 함정에 빠지지 않고 함정을 지나가려거든 희생양을 바쳐야 한다. 우리 가운데 가장 악랄한 놈을 집어던지자. 겹겹이 잘못을 쌓아 비대해진 몸이니 아슬아슬히 급소를 비낄 수도. 몇 밤만 지나면 사소한 오류쯤은 합당해진 채, 순백색 핏줄이 돋은 손아귀로 우물을 기어오를지도.

나 참, 뭘 모르시네요. 힘이 작용하는 순간 정체가 무엇인지는 중요하지 않아요.

잠자코 숨결을 당겨라.

그러자 마룻바닥은 엉엉 울기 시작했다.

-

너는 백 년의 여로만큼 지친 옆모습.

나른하도록 잔모래 알갱이 같은 음성.

이제 수억 개의 별빛은 필요 없어. 단 하나의 천장이 있었으면 좋겠어.

파도와 모험은 필요 없어. 깃털 베개와 따끈한 차가 있었으면 좋겠어.

이건 좋아, 저건 싫어.

그러니 뭐든지.

-

악몽에 익숙해지면 안 된대, 길들수록 잦아질 거래.

잦아지다니 누가 누구에게?

그러나 악몽은 제 이름값을 할 셈속인지 답이 없었다.

천칭 위로 올라간 이상 다른 선택지는 없었다.

가로장이 반대쪽으로 기울 때까지 나는 초조함을 끌어안았다. 종이 모빌처럼 머리를 흔들었다. 그저 이 춤을, 완벽하게 성사시키는 일만을 생각했다. 쉬운 미소부터 가장 유려하고 어려운 동작까지 끝장을 보아야만 했다. 접시 위에서 팔을 휘저으며 우스꽝스럽게 균형을 잡았다. 잘 봐, 우리는 틀림없이 작용하고 있어. 이 행성 위에서 적응하고 있어.

그건 어느 누구의 잘못도 아닐 거야.

천천히 아래를 굽어보았다. 구두와 시계를 풀어 내려놓았다. 그러나 저울은 한 뼘도 까딱하지 않았다. 편지 기십 장을 비행기로 접어 던졌다. 목숨과는 멀고 자존심과는 가까운 기관을 몇 파운드 도려냈다. 그대로였다. 우물쭈물하다 종내 말장난과 유희를 벗었다. 불행이 서랍을 여닫았다. 해묵은 약속이 고개를 디밀었다.

나는 너를 미워하게 될까 두려워.

여기서 무사히 추락한대도 너를 탓하지 않을 자신이 없어. 그러니까 무뎌지는 건 시간이 아니라 사람의 잘못이야. 하늘 높이 나는 연을 만든 것도 구원을 빚은 것도 전부, 사람의 잘못이 틀림없어. 정성껏 지었다 무너뜨리는 일도, 나쁜 말을 뱉고 나면 입안이 고통스럽도록 뜨거운 느낌도.

너는 알까, 네가 어떤 얼굴일 때 가장 냉랭한지.

그 표정을 아는 건 네 거울과 나, 세상에서 오직 둘뿐일 텐데.

잠이 오지 않는 밤이면 맹신을 파헤쳤다. 그건 멸시와 비슷했다.

-

……내가 하는 걸 잘 봐. 먼저 얼음을 부수고 차가운 낱말을 한 도막씩 삼켜. 성대를 파르르 떨면서 혀를 동글게 말아. 검지와 중지를 들어 후두를 피리처럼 누르는 거야. 설움은 그대로 꾹 삼키고 격막을 바싹 추켜올려. 날개뼈가 정말 날개처럼 벼려지도록 기다려야 해. 그러려면 통로란 통로는 죄다 막아버려야지…….뭘 좀 아시는군요. 계획대로만 된다면, 우린 진흙투성이로 이 생을 통과할 수도 있어요.

입이 끝나기 전 입을 닫아라.

이야기는 세 치 혀를 묶으며 킥킥 웃었다.

-

너는 껍질이 연하고 쉬이 울지 않는 사람. 언젠가는 주름지고 여윌 사람. 언제라도 품은 견고하고 잠은 평화로운 사람. 네가 나를 즐거워한다면 그거야말로 기이한 일. 너는 지하철이나 버스에서 아기가 손을 뻗으며 와앙, 울면 마주 웃어 주며 작게 소곤거리는 사람. 질투가 나리만치 좋은 목소리를 가진 사람. 있지, 아이들은 아직 모든 곳이 작고 가늘어서 높고 날카로운 소릴 내는 거래. 닮음은 곧 구별의 여지를 남기는 일. 한 가지가 비슷한 사람들은 결국 다른 것들도 여럿 비슷하기 마련이니까. 그건 우리 둘에게서 유일한 차이점을 발견하더라도 반드시 무언가가 또 다를 거라는 사실. 너는 눈이 반짝반짝한 소녀였거나 소년이었거나 둘 중 아무것도 아니었을 것.

똑똑.

그래도 확실한 게 하나 있어.

저는 십수 년 후의 중력이에요. 물가를 따라서 내려왔어요. 적확한 상황과 언어와 색을 찾기 위해 오래오래 잠들어 있었어요. 어린 가시덤불과 감람색 오로라, 무수한 거짓말을 다 지나쳤어요. 함정에 찔리고 저울에서 떨어졌어요. 잘못을 만들고 잘못을 지은 잘못으로 엉엉 엎어져 울었어요. 별과 파도가 맞닿아 소멸하는 곳까지 걸어왔어요. 그러고도 이 모든 생이 끝나지 않아 주머니를 털어 면죄부를 샀어요.

무척 보고 싶었답니다.

당신이 사랑스러운 아이란 것 하나는 분명히 말할 수 있어요.

-

너는 곧잘 시선을 빼앗기는 사람, 그보다 자주 시선을 묵살하는 사람.

눈꺼풀은 무엇이 애처로워 벌새보다 잘게 흔들렸을까.

-

생일날에는 나보다도 빠르게 내 나이가 몸져누웠다. 방 안에서는 지독하도록 달콤한 냄새가 났다. 패색이 완연한 숫자를 병구완하며 나는 무릎을 꿇고 앉아 있었다.

잘 시간이야.

생크림 케이크의 초가 폭신하게 녹았다.

너는 화톳불에 달아오른 얼굴로 애프터눈 티를 마시자고 했다. 그러자. 내가 대답했다. '그러자아' 베개에 머리를 파묻은 나이가 참새만 한 목소리로 대답했다. 너는 웃었다.

-

우리에게 안락이 존재했으면 좋겠어.

존재는 안락의 이름을 했으면 좋겠어.

그러니 뭐든지, 뭐든지.

사실은 말예요.

제게는 그런 것이 필요 없어요.

올해도 당신의 생일을 축하할 수 있기만을 바라고 있어요.

-

나는 두려워서
조용히 너를 당겼다.
그러자 당겨지는 것이 두려웠다.

소음

갓 태어난 소음이 마루를 걸어 다닌다
탄생은 길 위에서 천천히 중얼거린다
가야 해, 다음 우주가 보채고 있을 거야

투명하니 엷은 것이 이마를 물들인다
희고 슬픈 것이 눈꼬리를 타고 내려와
높다란 턱 끝에 힘겹게 축적되어 있다

소음은 제가 소음으로 깃든 것을 알고
귓전을 그러안을 수 없음을 미리 안다
갓 태어난 것은 뭐든지 흐느낄 수밖에

갓난애가 총명해지기 전에 들여다본다
모든 것을 잊었노라 말하는 말간 눈동자
속눈썹 덮은 단잠을 헤치고 속삭여야지

사랑해, 아마도

마악 눈뜬 것은 언제고 서러울 수밖에
갓 태어난 소음이 꿈을 거닐고 다닌다

자박자박 하는 소리, 소리, 소리, 소리

소리로는 달래지 못하는 소리가 되어서

탄생은 마룻바닥의 결을 헤아리고 있다
처음으로 외로움을 배운 목소리가 틔어
조금만 더 머물러 줄 수 없느냐고 말한다

아무 말이나

침묵을 피하기 위하여, 단지 그 이유 하나로
떠들고 지껄이고 담고 뇌까리고 주워섬긴다
채 문장이 되지도 못한 허리가 잘린 단어들
바닥에서 애처롭게 허우적거리는 차가운 손
양동이로 퍼 다시 서로의 아가리에 처넣는다
상한 언어로 위장을 채운 자들의 머릿속에는
어떤 게으르고 시큼한 몽상이 떠다닌다 종일
게걸스럽게 먹고 마시고 탐욕스레 싸지르는
일련의 과정이 끝나면 화장실로 뛰쳐 들어가
바야흐로 몹시 배앓이를 하고야 말 것이다

집단

납작한 호선도 유순한 동그라미도 아닌 세계
삼차원의 구 내부에서 나는 너무 자주 죽었다

환상

죄 없는 사람을 더운 도시로 끌어들인 탓에
비가 오지 않는 것은 아닐까요, 아니겠지요

감은 눈꺼풀 위로 너무 많은 인내심을 덮어
엉엉 우는 법을 잊어버린 것은 아니겠지요

풀 죽어 돌린 등 뒤에는 왠지 상처만 많아
그대로 동그랗게 말려선 꽃이 필 것 같아요

어깨 위 들쭉날쭉한 가시에 찔려 드릴까요
볕을 피하도록 컴컴한 데로 옮겨 드릴까요

세 끼 하얗고 살가운 말을 식사로 드릴게요
몸에 나쁘고 정신에 유익한 것을 드릴게요

이제 저는 빗방울의 인과를 생각지 않아요
소원을 위해 유성우를 기다리지도 않고요

그러니 바야흐로 비 내리는 날을 기다리고
소원과 유성우의 인과를 생각할 차례라고

당신은 말하겠지만, 무연히 들쑤시겠지만
그따위 헛꿈은 그림자만 숨가쁘게 만들 뿐

길어지는 저녁 해의 모가지를 틀어 죽이자
도시 밖으로 가는 문이 없어져 버렸답니다

무더운 생각에 녹은 뺨이 불길하도록 붉어
당신이 이것을 사랑하는 것은 아니겠지요

구릉을 으스러뜨리고 건물 몇을 파묻으면
가장 키가 커다란 맹목이 될 수 있을 텐데

슬리퍼를 쏙 감추고 순진하게 고개 저으면
당신은 흐르지 않는 계절처럼 서 있을 텐데

그 앞을 막은 생물이 너무도 추하기 때문에
그 몸을 이렇게 끌어안는 것은 아니시지요

곁에

너는 더 쓸쓸해지고 싶어 무슨 짓이든 했을 것이다
창밖에서 속삭이는 안부를 죄다 때려잡아 죽이고
외로움을 냉장실에 넣어 일주일을 연명하였으니,
그것을 결코 게걸스럽게 먹어 치우지는 않았지만
실지 그보다 한층 처참한 방식이었음은 틀림없다
이를테면 전부 네 탓이다, 슬픔을 방만히 기른 죄
외로움을 방목해 정원을 돌아다니게 내버려 둔 죄
이 편지 역시도 네 위장에 들어갈 것이 뻔하지만
너도 언제까지고 무한히 삼킬 수는 없을 것이다

눈빛

이상하지, 네가 왼손을 내밀면
그 동공에 심청색 핏줄이 선다
해끔한 흉터가 남은 손등 위로
살짝 찍듯이 입술을 누를 때면
감기처럼 잘게 앓는 소릴 낸다

신기하지, 오른손이 건너오면
얼어붙은 밤공기가 반짝 녹고
무거운 눈꺼풀을 슬몃 내린 채
어리광 같은 비음을 흘릴 때면
너는 또 나와 비슷한 소릴 낸다

겨우내 부는 바람이 창에 부딪혀
새파란 울음이 잘그랑 떨어진다

그러다 네가 옅게 웃기라도 하면
손목에서 달빛 냄새가 떨어진다

움직이다

한 걸음 성큼 다가오자 저녁이 흔들거렸다
이제 갈 곳이 없어요, 그렇게 말하는 네가
그 어느 때보다 행복해 보여서 어지러웠다

두통

이제는 차가운 민물을 눈으로 흘리는 중
나는 이대로 더 짙어지지 못할 뿐이네요
단춧구멍에 허영을 끼우고도 즐겁던가요
객관보다 자기애에 더 가까워 보이는걸요
현실의 악당은 이야기보다 퍽 단조로워
분별없이 멍청한 부분이 마음에 들어요
네가 착한 이야기였다면 수월했을 텐데
그렇지 않아 몹시 더디게 해독해야만 해
마구잡이로 저지를 수 없는 점이 좋아요

나는 무엇보다 나를 가장 맹렬히 비웃어
여분의 비웃음을 기록할 페이지가 없네
글러 먹은 몸, 이를 못내 질투한다는 말
흰소리 몇 자락을 여전히 귀애한다는 말
그런 말을 아귀처럼 퍼먹을 비위가 없네
깔끔한 이야기였다면 피차 편했을 텐데
그럴 수 없어 바짓단에 구정물이 들어요

어떻게 해야 그만둘 수 있을까 모르겠어
오늘은 생각 말고 열대어를 먹이고 싶다

내일은 머리 대신 어항을 올려 두고 싶어
지나가는 사람들이 보고 웃게 하고 싶다
온몸이 마를 때까지 물을 배출하고 싶어
짭조름했다가 담수처럼 밍밍해지고 싶다

그런 일은 죽어도 일어나지 않을 거예요
그런 일은 살아도 일어나지 않을 거예요

구원 같은 건 전도서에나 어울리는 소문
기왕이면 입 주변도 초록색으로 칠해 줘요
그래야 엄청 더 거짓말쟁이 같으니까요
왜 희망을 비관하고 비관을 희망하는지
왜 그토록 많은 이름을 틀리게 외웠는지
이유를 아는 것보단 웃는 게 재미있어요
그러니 쓰임새 없는 감정을 쓰고 싶어요
그것이 꼭 눈 새빨간 짐승을 닮았지만요
별이라 여겼던 것들이 위성이어서, 그래도
위성이 별처럼 빛나지 않는 것은 아니어서
두 배로 어지러웠던 것이 아마 어제의 일

목이 멸종했으므로 울음이 사라졌습니까
울음이 사라져서 어항은 죄다 비었습니까
그런데도 하현달은 새벽을 지나가잖아요
오늘 죽은 나의 그림자들은 어디로 갑니까
그 앤 아직 아무것도 책임지지 않았는데요
(우리는 곧 책임을 불안으로 읽고 말겠지
불안을 마신 그림자들은 나의 아종이 되고
급기야 나보다도 나를 닮은 쌍둥이가 되어
끌밋한 햇살 속으로 나를 내던지고 말겠지
이다음에는, 그다음에는, 그리고 반드시)

이제는 텅 빈 단어만으로 종이를 베는 중
도도록이 붙은 입술을 여닫을 뿐이네요
부서진 과자를 윗입 아랫입에 채워 놓고
깃털 따듯한 새를 흉내 내기도 했었지만

전부 거짓말이었어, 날개 없인 날 수 없어
확신 없이 다정할 수 있던 나날은 죽었어
마지막으로 네게 다정히 잡아먹히고 싶어
문을 열어 줘, 한 번만 열어 줘, 늦기 전에

제법 자란 쌍둥이가 골을 통통 두드릴 때
연약한 부리를 다물며 장난이 잦아들 때
네가 나를 바라보며 웃는 것만이 좋았지
웃음으로 보인 것은 여전히 웃음이어서
울 것처럼 어지러워, 다만 그것이 기뻤어

정류장

나 밀어내지 않으면 안 돼?

하필 그런 언어를 지어 입 밖으로 뚝, 떨어트리고 너는 일각 동안 내 소맷자락을 붙들었다가, 실밥만큼 붙들었다가, 먼지만큼 붙들었다가, 이내 허공을 붙든다. 응당 안 되냐는 말 뒤에는 반드시 축축한 표정이 잇따라야 하는 법이건만 네 푸석한 얼굴이 계산의 결과물로는 뵈지 않는다. 그래서 당장 입을 열기 어렵다.

인간의 손은 목적지를 잃는 순간 무참히 보잘것없는 것이 되어 버린다는 생각을 한다. 생각, 물밀듯 무너지는 생각들이 이 순간의 전부다. 납작하고 폭력적이고 힘줄이 튀어나와 있으며 말초는 이상하리만큼 기름한 것. 피스톨 하나가 꼭 맞게 들어갈 법한 허공을 어림해 보다가 고개를 든다.

너의 오른손은 저녁 공기 속으로 녹았는지 보이지 않는다. 제 할 일은 다 끝냈다는 표시, 내지는 켜켜이 쌓인 울분을 모른 체하려는 안간힘.

그 말 하려고 여기까지 나온 거야?

이건 아마 네게 하는 최초의 모진 말일 것이다. 아니 틀림없이, 뭔가 더 있었겠지, 그건 나로서는 알 수 없는 일이지만. 한발 늦은 당혹감으로 지체하는 사이에도 너는 꿈쩍하지 않고, 나는 내가 답하지 않거든 네가 영영 여기에 서 있을 작정임을 눈치챈다. 그러잖아도 너는 정말이지 삼킨 말들 때문에 체할 것 같은 낯빛을 하고 있다. 노을빛으로 떨리는 목 안에서, 울대뼈가 부드럽게 감싼 성대 속에서 요동치는 것만큼이나 무수한 말들이 그러나 내게는 남아 있지 않고 그런 이유로 나는 알았어, 들어가, 이런 대답밖에는 할 것이 없다.

비겁하거나 잔인하거나 둘 중 하나는 확실히 그르쳐야 할 텐데. 막된 후회가 관자놀이를 두드리는 일 분이 지나고 눈에 띌 만큼 풀죽어 안쪽으로 걸어 들어가는 뒷모습이, 당연하게도 짙은 초록빛이다. 그 등은 무례한 충동을 불러일으킨다. 아니야, 거짓말이야. 사실 나는 너처럼 이야기하는 법을 잃어버렸어. 잊어버렸다기보다 잃어버렸어. 흉금을 내장처럼 뒤집어 쏟아 보이는 일은 할 수 없게 된 지 오래되었어. 웃거나 울거나 모질게 외치거나 다감하게 위로하거나 이 도로 위에선 모든 것이 무던히 굴러갈 것을 알고 있어. 하지만 너는 고개 돌려 피하기는커녕, 버스를 기다리는 5분여 내내 창문을 통해 나를 내다본다. 안절부절못하고 서서 정류장을 곁눈질하는 유리문 속의 네가 다만 안쓰럽다. 그때 너는 이미, 꾸역꾸역 밀어 넣은 말들로 위가 상해 버렸는지도, 그래서 나를 미워하기 시작했는지도 모른다.

이윽고 버스가 온다. 너는 보이지 않는다.

저녁나절 버스 창가에는 머리 기대고 면피할 자리가 많은 탓이다. 바닥을 내려다보고 있는데도 시선을 느낀 것은 허전하리만치 오랜만이다. 빠른 시일 내에 그 사실을 네게 사과해야만 한다.

무표정

손발을 아름답게 물들이고
난만한 작약처럼 앉아 있는
네 이마는 어찌나 싸늘하며
입술은 창백히 닫혀 있는지
그곳에서 길을 잃어버리고
심장의 구석으로 파고들어
너의 병증이 되고 싶었다

공백

너를 감싼 단어를 참을 수 없어
이름 석 자만 덩그러니 남겨진
텅 빈 편지를 보낸 적이 있었다

얼굴

여기 올 적마다 십 년째 똑같은 사랑 노래
마녀가 얼굴을 훔쳐 달아났다는 옛날 노래
뱃사람들이 제물로 바쳤다는 어린 여자애
바다 마녀의 집 대문을 똑똑 두들기고서는
먹을 것 좀 달라고 가련하게 애원했다는데
접시 하나가 비면 몸에서 비린내가 풍기고
접시 둘이 비면 귓바퀴에 아가미가 생기고
접시 셋이 비면 등줄기로 은색 비늘이 돋고
접시 넷이 비면 고운 목소리를 잃어버리고
접시 다섯이 비면 마녀가 어항에 가둔다네

여기 올 적마다 십 년째 똑같은 사랑 노래
마녀가 얼굴을 훔쳐 달아났다는 옛날 노래
뱃사람들이 제물로 바쳤다는 어린 여자애
어느 날 돌아와 아무렇잖게 인사하고서는
마을 사람들 초대해 식사 대접을 했다는데
접시 하나가 비면 뱃놈 하나 굶주려 죽고
접시 둘이 비면 뱃놈 둘 피를 토하다 죽고
접시 셋이 비면 뱃놈 셋 스스로 빠져 죽고
접시 넷이 비면 뱃놈 넷 목매달아서 죽고

접시 다섯이 비면 이제 남은 놈이 없다네

여기 올 적마다 십 년째 똑같은 사랑 노래
마녀가 얼굴을 훔쳐 달아났다는 옛날 노래
뱃사람들이 제물로 바쳤다는 어린 여자애
일을 끝낸 마녀는 품속에서 어항을 꺼내어
무어라 속닥속닥 마법의 말을 외었다는데
손 한 번 휘젓자 떨리는 목소리가 흐르고
두 번 부드럽게 어루만지자 비늘이 녹고
세 번 노래 부르자 따뜻한 숨결이 트이고
네 번 주위를 돌자 몸에서 꽃향기가 나고
다섯 번 키스할 적에 본모습을 찾았다네

여기 올 적마다 십 년째 똑같은 사랑 노래
마녀가 얼굴을 훔쳐 달아났다는 옛날 노래

여기 올 적마다 십 년째 똑같은 사랑 노래
마녀가 소녀를 훔쳐 달아났다는 옛날 노래

로봇

이상하게 나약하고 악한 방식이었지
백 년의 밤을 혼자서 지새우다 보면
어쩌면 그것이 당연해지는지 모르지

비천한 몸의 하루 일과야 늘 빤했지
잠든 당신 곁에 앉아 노래 부르는 일
아무렇게나 지어낸 노랫말을 주우며
긴긴 시간으로부터 뒷걸음질치던 일
골목마다 부스러진 발자국을 지우며
소음으로부터 멀어지던 날이 있었지
잠든 당신 곁에 앉아 눈 뜨고 있는 일
나를 닮은 그리움을 아무렇게나 꺾어
당신의 목덜미에 꽃처럼 늘어놓던 일
꽁지깃이 검은 먹구름을 뚝뚝 잘라서
당신 꿈에 한 움큼 넣던 날이 있었지

어째서 아무것도 가르쳐 주지 않았어?

왜 내게 아무것도 설명해 주지 않았어
나는 당신이 바라는 사람이 되지 못해

어느 캄캄한 밤에는 아픈 달을 먹었네
나는 당신이 원하는 무엇도 되지 못해
어느 환한 대낮에는 그림자도 떠났네

남은 것은 그저 주저앉아 노래하는 일
빛이 부리를 태울 때까지 노래하는 일
당신이 내 목을 비틀어 버릴 때까지는
언제나 당신 하나를 위해 노래하는 일

발걸음

N에게

정작 네 생일은 여름철이 아닌데도 너를 보면 언제나,
여름이 떠오른다 여름은 진저리를 치며 싫어하면서도
여름밤의 공기와 목을 얼리는 음료와 젖은 풀 냄새와
에어컨이 돌아가는 소리와 머리를 말릴 때의 느낌과
꼭 그런 저녁에 마시는 거품 빽빽한 맥주를 좋아하는
이 모순을 나는 어떻게 설명해야 하지, 바라보노라면
숨이 울커덕거리면서 어지럽다가 이내 유화처럼 곱게
물크러지는 저녁의 석양, 보랏빛, 그 기이하도록 붉은
생경함, 펄떡펄떡 뛰며 핏줄을 들쑤시는 그 생동감을
대체 무슨 말로 전해야 하지 그런 것을 생각하다 보면
영 비겁하게도 아침이 성큼, 다가오고야 마는 것이다
아침이 오는 것은 곧 계절이 스러진다는 것, 그러므로
나는 고마운 너에게 그 어떤 헌시도 바친 적이 없구나
기껏해야 밥과 술로써 은혜 갚는 까치 행세를 했을 뿐

이상하지, 너는 사람을 만나는 것이 싫다 했었으면서
내가 돌려줄 수도 없는 것을 왜 그리 자주 베풀었을까
어째서 네가 치는 피아노는 항상 숨을 흔들어 놓을까

성탄이 끝난 거리엔 철 지난 눈사람만이 외로이 서서
지나치는 행인들을 원망스럽게 올려다보는 것 같은데
나는 네가 아니어서 그와 나눌 다정함과 웃음이 없고
그저 고개 돌린 채 계속 걷는 일밖에는 할 것이 없다
유난히 역이 멀다, 아무래도 계속 걸어야 할 모양이다

생각해 보면 정말 이상하지

너는 왜 약속보다 한참 이르게 와서 죄책감을 안기고
내가 표정을 찌푸리면 킬킬대며 웃는 것을 좋아하고
필요할 때면 언제나 그곳에 있는 사람이어야만 할까
나는 그럴 수 없는데 왜 너는 그런 사람이어야 할까
그러나 너와 만나면 이런 이야긴 입에 담지 말아야지
해가 저물어 가는 모양을 보는 것이 너무나 버겁다는
나는 또 몇 번이나 주저하며 주저하며 걸어왔노라는
그런 문장은 스러지는 계절에 숨겨 보내 버릴 것이다
한 걸음 디딜수록 몸이 가라앉고, 재차 가라앉더라도
네게 줄 것이 우울뿐일 때까지 가라앉고 싶지는 않아

벗에게, 아무래도 조금만 더 거닐다가 네게 가야겠다

여름이었다면 맥주였겠지만 오늘은 따듯한 것을 먹자
음주는 입가를 적실 만큼만 하고 얘기를 더 많이 하자
너는 여름을 닮았으니 덥고 습한 노래만 계속 부르자
네가 새로이 사랑하는 것, 가진 것에 관해 이야기하자
똑똑 문을 두드리는 추위는 모른 체하고, 덮어 버리고
얼마든지 헤프게 웃고 지껄이고 농담으로 삼켜 버리자
너를 여기 머무르게 할 수 있다면 나는 무엇이든 좋아
그러니 N에게, 부디 내 옆에서 비틀대며 걸어 주기를

총총

노래

내가 가진 모든 기적을 일으켜도
당신은 폭폭 발을 찔리며
젖은 족적을 낭자하게 흘리며
멀어질 것을 알고 있어요
학대 같은 희망
정오의 영혼을 마시고 취한
그림자가 길어질 동안
차라리 바닥에 뺨을 붙이고 있겠어요
밀단처럼 굽이치는 머리칼
너머로 자란 하얀 왕관
당신이 그토록 염원하던
종막에게 예비된 바로 이 자리,
촛불도 무대도 샹들리에도 지하 호수의 비명도
벗길 가면조차
더는 남아 있지 않아
부디 호숫물이 마르지 않기만을 바라야지
심약한 소설 속 날파리들은
달차근한 불행에 길들어
주어진 물정 밖을 견디지 못하니
가진 것 모두 가져간 바에야 지상으로 달아나려나

우울한 춤곡의 속눈썹 아래로 몸을 피하려나
당신은 이 조각배에 죽음처럼 누웠다가
그저 오롯이 포개어졌다가
나를 머금은 채 일어나 걸어갔네
당신이 왔다던 그곳
나의 밤보다, 일그러진 것만 투영하는 호숫물보다
거리의 소음, 수레바퀴 구르는 듯한 박수갈채
검은 체리 콜로뉴, 그 주인보다 흐린 단백석의 반짝임
절벽의 푸른 새떼와 더욱 친밀한 당신의 생활
하얀 소맷자락 붉은 리본을 날리며
빙글빙글 돌기라도 할 참인가?
그러다 벼랑 어귀의 마지막 큰 새가 된다 해도
하기는 그것이 당신의 죄는 아니지요
아네모네 관을 씌웠다 가시나무 관을 씌웠다
손가락질하는 언어야 모두 뚝뚝 꺾어 버려요
초여름 밤하늘을 마시고
털그럭대며 쓰러졌다는 젊은 당신
신경이 쓰이지는 않나요
이따금 절망과 연한 기쁨
문을 열면 밀려드는 정적과 한순간의 귀울음
허리춤에 고인 시서늘한 음조 몇 마디
무표정한 약통 겉에 쓰인 글자들
뱃속을 찌르는 라일락색 날개들이

내 공들여 세운 가시들이 아프지 않은가요
부엌 천장 위로 기차가 지나가는
저녁이 오면
당신은 외롭지 않은가요?
접시 위에서 퍼드덕대는 한숨이 가여워
분명 한 번쯤은 포크를 멈추겠지요
언젠가는 거리의 소문으로 떠도는 이름을 듣고
소스라쳐 잠시 눈꺼풀을 떨겠지요
그러나 좋은 것 귀한 것만을 거둔 입술
조악한 악몽과 유령쯤이야
배앓이도 없이 죄 소화해 버릴 테지
리넨 커튼 너머로 유연히 타오르는 햇볕
정오의 찻잔을 감싸 어루만지는, 환한
두 손에 조그만 동박새를 쥐여 주어도
당신은 가차없이 그 목을 부러뜨리고
거기서 노래만을 취할 것을 알고 있어요
눈이 부실 만큼
이 꿈은 너무나 어두워

그러니 당신이
내 모든 기적을 일으켜 주었어도

여름낮

빛은 늘 무리 지어 다녔지
한 움큼씩 잡히는 법 없이
그렇게 세게 공을 맞으면
벌건 것을 쏟기 마련이야
농구 코트를 가로지르던
늘씬한 그림자가 말했다

너는 실종되고 난 후에야
나를 상대해 주는 거니?
바짓단 아래로 말아쥔 손
뚝뚝 떨구는 땀방울까지
잘 봐, 눈 돌리지 말고 봐
너를 욕망하지 않았다면
밤이 어두울 까닭이 없어

그 애는 적이 기이했어요
목덜미는 한여름 같은데
손목에서는 아주 차가운
수도꼭지 냄새가 났어요
살갗을 갈라보면 분명히

파랑을 쏟을 것이었어요

징글맞도록 곰살궂은 너
계절 내 홍수가 내렸다고
네 일기에는 그렇게 쓰고
종이가 그것을 믿게 두렴
잿빛으로 덮인 재해 아래
야윈 목덜미가 있었다고
무릎엔 멸망이 앉았는데
먼지뿐인 현실은 차갑고
내 글은 역겨워 죽겠다고

끈적하지 않고 아름다운
햇빛이 있었다고 합니다
구전으로만 내려오는 말

우린 은근하게 몰락하고
무지근히 젖어들 것 같아
나는 한 움큼의 반짝임만
겨우 감당할 수가 있는데

너는 밝은 만큼 간악해서
가끔 스스로 손을 잘랐지
악한 만큼 마음이 약해서
흰 종이 밑으로 빠져나온
거짓말을 죽이지 않았지
그것이 폴짝폴짝 뛰어서
활자를 잡아먹고 다녀도
우린 늘 무리 지어 다녔지
한 움큼씩 잡히는 법 없이

연인에게, 우리 작았을 때
서로 손을 얽어 걸을 때는
부서지는 한낮 위로 내리는
어린 멸망으로도 충분했지

오후

부서지는 빛 안에서 먼지는
간혹 그 진로가 구부러진다

문고리는 언제나 싸늘하거나
열쇠 구멍은 헤집어져 있었다

목구멍을 울분으로 휘젓고도
진창 흐르기 전에 고요해지던

네 눈물은 틀린 적이 없었다
아주 처음부터 그런 오후였다

침묵은 침묵하는 자의 손에만
생생하게 만져지는 것이었지

그러나 벽에 귀를 가져다 대면
선분을 완주하는 숫자의 소리

나어린 바람이 늙어가는 소리
시나브로 금이 가는 벽의 소리

수더분한 별이 공전하는 소리
반드시 외로워하는 신의 소리

선선히 고여 있으니 썩어들어
천천히 울며 내보내는 일이다

녹아내린 귀를 심장에 꽂으며
무너진 벽의 사인처럼 굴었다

생의 앞에서 감춘 단어들을
빈 입으로 토할 수는 없었다

우리는 어지럽게 찬란하거나
폐허의 얼굴을 하고 있었지

빛을 설탕처럼 잘게 부수고도
풀썩이는 먼지보다 적요하던

외로움은 외로운 적이 없었다
처음부터 너는 그런 오후였다

은유

함함한 다갈색 털빛에 표정은 달 끄트머리만큼 매서운 그 애가
무릎으로 들어오기로 해서 오늘 밤은 유리창 밖에 물이 자란다
날 초록빛으로 여겨줘 매력적일 만큼만 가엾고 싶어, 엉클어진
입술 끄트머리에서 은흑색으로 방울방울 추락하는 단어들 입을
벌려 삼킬수록 뱃속이 파래진다 나는 눌리고 견디는 일 따위는
이번 생에서 익힌 적 없음에 몸부림을 친다 그렇게 소릴 질러 줘
나의 뮤즈, 모른 체하지 말아야 해 그 애가 시커먼 밤을 빛내며
말한다 불완전한 피조물 따위에 목매어서는 안 된다고 그 애가
표독히 울며 말한다 뺨이 화끈거릴 때까지 비명을 품은 체온이
몸을 벌겋게 달굴 때까지, 짓이겨진 등 모서리에서 흘러내리는
고요한 굶주림들 두 손을 모아 받을수록 어깨뼈는 앙상해지고

그럴듯한 비문처럼 웃는 그 애, 하얀 셔츠 나울거리도록 춤추는
그 애가 나를 부수기로 해서 오늘 저녁은 텃밭에 바다가 자란다

줄곧 매달려 있는 것은 어려운 퇴화의 과정 같다 아름다운 일이
뒤집어져 있다 아름다운 일이 거꾸로 킬킬거리고 있다 제발 날
외면하지 말아 줘, 난 종잇장을 쓰다듬을 때마다 꼭 손끝을 베는
그런 아이였단 말야 연못에 던진 동전들은 가라앉았고 저녁은
무너졌고 진눈깨비만 연해 내렸고 탐닉했던 이야기들의 결말은

죄다 어제의 눈자위처럼 흐렸단 말야, 나는 멱살을 끄잡힌 채
세계를 고작 손가락으로 받치고 있는 그 애의 신앙이 어디까지
쇠락했는지 짚어 본다 나의 뮤즈, 넌 참 잘 만들어진 거짓 같아
달콤하게 재잘거리며 믿음을 요구하고는 휙 달아나 버리는구나

염려 마, 파괴되는 것보다는 창조당하는 일이 더한 고통이었다

나는 날아드는 조각칼로부터 고개 돌리지 않는다 폭력을 피해
숨을 필요가 없다 더러운 셔츠 자락을 치렁치렁하게 끌며 너는
깔깔대고 웃는다 손수 부수면서도 외려 부서진 것을 닮은 미소
마지막임을 선언하듯이, 나를 곱게 으깨어 파랗게 조각낸 다음
완전히 완전한 육체 하나를 새로 빚으리라 맹세하듯이, 그러니
이 거리의 황폐는 과연 누구의 책임인가 물어도 너는 답이 없다
갈퀴 같은 손으로 휘저으면 흰 새의 어깻죽지 같은 것이 잡힌다
너는 애가 되었다가 어른이 되었다가 한다 아무나 붙들었다가
팽개친다 아무것에나 길들었다가 아무렇게 소멸하길 반복한다

노쇠한 두 무릎을 부서뜨리고 너는 다른 뮤즈를 사냥하러 간다

침몰하는 혓바닥을 기워 붙이고 너의 이름을 천천히 달싹인다

나의 신, 나의 시인

이 바람은 사선으로 기울어진다

아름다운 일이 거꾸로 솟고 있다

남겨 두다

"짧은 글줄 하나 머리맡에 놓고 떠나가면
내 그대를 시인으로 기억할 줄 아셨나요?
쓰라린 후회와 고통을 여기 두고 간다고
아니, 차라리 애정 외의 모든 것을 버리고
졸렬한 비겁자처럼 꼬리 말아 도망친다고
그렇게 말하는 편이 더 나아 보였을 텐데
언젠가 낡은 액자에서 그대를 꺼내 볼 때
그 쪽지도 고이 보관해 두길 바라셨나요
같은 방식으로 밤마다 늘 포도주에 취해
저질 소네트를 품고 훌쩍일 줄 아셨나요?
그건 당치도 않은 말, 일어나지도 않을 일
왜냐하면 그대의 추레한 문장을 읽는 동안
꿈결 같던 세레나데는 시궁창에 처박히고
그것을 부르는 입은 추악하게 일그러졌고
내 손끝에는 새로 증오심의 수렁이 자라나
잉크를 찍지 않고도 절로 펜이 움직이므로
솟구치는 배신의 냄새는 어찌나 감미롭고
깊은 절망은 어쩌면 이다지도 매혹적인지!
그리하여 나는 여기 짤막한 답신을 씁니다
흰 비둘기의 깃털이 갈까마귀처럼 변하고

폭풍우 몰아쳐 저 언덕이 강이 될 때까지
그대를 다시 만나는 일은 없을 것입니다”

할 일

언젠가부터 생활은 위벽에만 들러붙어 있고
소화되어 나를 구성할 생각을 하지 않는다
헛구역질로 가득 찬 뱃속은 누구의 것인가
매일같이 게워 내는 것은 누구의 권태인가

조감

목이 생긴 모양을 보고 있으면

조각도를 바투 쥔 채
소음이 빚어내는
침묵을 경건히 누르고 있노라면
얼마나 흉악한 낙수로 인하여
여기, 동그마한 우물이 패게 되었는지
잘록한 뼈 바깥으로부터
너는 저항을 견디며, 양쪽으로 빼드득 갈라져
모든
무거움을 이게 되었는지

나는 무서울 때도 있고
궁금할 때도 있어

- 허물 아닌 것을 당신의 허물로 삼으며
- 오래 살아왔구나
- 고단했어?

너는 말하지 않았고

다만 순순히 고개를 끄덕였다
색이 옅은 목덜미는
제대로 지탱하지 아니하거든, 시름시름
앓다 그대로 깨질 것만 같아서
그 불안을 귀애했던 기억이 있다
고운 한 줌,
철모르고 찰랑이면서
손바닥을 찔러댈 테지
언젠가 너의 손에 스러진다면
한 줄 희미하게 새긴 손금만이
나의 유언이 될까

두억시니 같은 것
그것이 내 이름이던 시절부터
나는 부끄럼도 나약함도 몰랐고
저녁 안개처럼 줄줄 새며
찬 구름을 눈가에 짓눌러 바르다가
어느덧 앞이 보이지 않았다

- 울 것 같았던 당신은 절대 울지 않고
- 절대 울지 않는 당신을 보며
- 엉엉 울어 버리는 쪽은
- 정해져 있었어

소원이 있다면,

이 겨울의 맥 깊숙이

마음을 동하게 하는 것이 있다면

버려진 물건들의 고변을 듣는 일

억울한 것들의 원성에 빼근하게 눌려

내내 밤잠을 설치다

별 가루 으그러진 해안에 앉아

사흘 굶은 파도가 앞서거니 뒤서거니 입을 벌리고

물결을 잡아먹는 것을,

희미한 등 비늘이 전설처럼 비치는 모양을 보는 일

- 조심해

- 손가락이 다 곱아들고 말 거야

- 날이 새면 입김도 남지 않을 거야

푸릇한 목덜미에 윗입술을 묻고

말 한마디 저어하던 때가 있었지

이상해 네가 정말 미워하는 건

네가 아니잖아

왜 마지막에는

너를 미워하게 되는 거야?

쏟아 버린다는 건

틀림없이 무서운 일일 거야……

너는 네가 빚은 것을
네 피붙이처럼 여기다가
결국 너로 여기고 말았잖아
네가,
사라진다는 사실에 너는 마음 아파했잖아

침대를 뗏목처럼 붙든 피난길
소낙비에 잠긴 거실을 부유하며
하나라도 더 움키려 전전긍긍하던 때가 있었다가
불투명한 건 무엇이고 배척하던 날이 있었다가

젖은 무릎을 사탑처럼 기어오르던 날벌레쯤
잠깐 어울려도 좋았다

나는 네가 먼 훗날 잃어버릴
어떠한 시집도
목련을 뒤집는 바람도 아닐 것
여느 설화처럼 밤 산책을 나온 맨발에
나근히 감기는 고양이 꼬리
대나무 마디에 톡, 톡 부딪히는 빗소리나
오르간 건반을 녹녹히 누그러뜨리는
여름밤 내음도 아닐 것

다만 조금 지겨워질 수가 있겠지
혜식은 미소를 입가에 걸며
잘 자, 내일 봐, 보고 싶었어
인사 따위를
비참하도록 꼭 그러안을 순간이 오겠지
이제 그런 착한 말은 할 줄 모르는데
삿된 혀를 꿰매 입은 후부터
나는 어떤 거짓말도 하지 못하는데

제멋대로 찧고 까부는 자들에게
얌전히 고개 숙이는 것이
모욕에도 웃음을 베푸는 것이
다정이라면
다정이라면, 바다로 갈래

목덜미가 연한 사람에게

이렇게 부르는 것을 용서해 줘
이것은 시도 아니고 일기도 아니고
킥킥대는 웃음 낭만 설움도 아니고
너끈히 영혼을 기름칠하는 거짓조차 아니고
세상에 하나 두려운 것 없는
솜털처럼 가벼운 원성

너는 기어코 울지 않겠지
하지만 그래도 상관없어
네 몫이 아닌 잘못은 아무래도 상관없어
옛 이름에 고여 있던 악의도
동그마한 우물 속에 도사린 시간도
나는 겁내지 않게 되었어

한때 있었다가 저만치 사라진 것
오지 않은 곳, 다시는 가지 않을 곳
아우성, 발자국, 불빛, 베개로 눌러 죽인 우울
모든 궤적이 파랗게 얼어붙은 바다에 모여
모래 쓸려가는 것에도 나는 울고
물로 이루어진 몸을 뚝뚝 흘리며 울고
한참 말을 잃어버리고
돌아누운 네 어깨의 무거움을 재며
울 듯이 가느다랗게 웃어

- 소원이 있다면
- 외로운 너에게
- 곁의 외로움이 되고 싶어

열 손가락이 곱아들고
열한 번째가 뼈를 틔울 때까지

뼈를 먹고 자라나는 것들이

마침내 피와 살을 그리워할 때까지

달빛

뒤뜰에 열린 복숭아 반토막 같은 달

나는 미지근한 몸으로 태어나
연해 뜨거운 말만 먹었지
글쎄 가끔은
맥주나 칵테일 같은 것도 좀 삼키고
거짓말 마세요
열망이나 희망도 섞어 들이켰잖아요?
사실이에요
조용히 해요

번들거리는 인간들을 피하며
목이 타는 사람처럼 우물가에 숨었지
있잖아요 흙 맛 나는 돌덩이 어쩌고
내가 말한 적 있지 않아요
대답하느니 그 밑에는 아무것도 없는 것 같아요
어쩌면 너무 깊게 파헤친 것 같아요
역겨운 짓을 덜 해서인 것 같아요
같잖은 핑계를 자주 대서인 것 같아요
끝낼 줄을 몰라 그런 것 같아요

이렇게 연신 붙잡아 그런 것 같아요
잘못하지 않은 일이 어쩌다 잘못되었나요
보드카와 우울을 섞으면 무엇이 되나요
짙은 파랑인가요 옅은 파랑인가요
코발트인가요 프러시안인가요
그만
시끄러워요

가고 싶은 곳은 어디
이루고 싶은 것은 무엇
태어남을 취소하고 싶은 밤이 많았습니다
돌이킨다면 그곳으로
돌아가고 싶어요 나
아무것도 안 해도 다 괜찮을 거라니
흰소리도 정도가 있지

공들여 입술을 빚었으니
이제는 네 이름을 데려올 차례

여기
필요하다면 좀 나누어 드릴까요
말하는 데 쓰는 게 아니라
입 닥칠 때 쓰는 설미인데

핏방울처럼 붉은 뜨개실로 반죽했어요
이따금 아주 얼얼하도록 아플 수가 있어요
그 덕에 고상 떨 수 있으니 다행이죠

제발
네 이름을 데려오라니까
이제 마냥 아름다운 것은 적지 않아
이리로 와 미지근한 날개부터 발목까지
뜨거운 물을 부어 줄게
깃털이 보송보송 마를 때까지 바람을 불어 줄게
난 네 웃는 입꼬리가 좋아 볼에 패는 우물이 좋아
지느러미 비늘과 그것을 옮은 미늘의 흔적
그믐달처럼 접히는 눈도 다 좋아
퇴화한 기억과 푸릇해진 눈썹까지
나는 정말로 다 좋아
그러니 자꾸만 웃거나 울지 마
너에 관한 것만 쓰게 되잖아
다른 건 아무것도 쓸 수가 없잖아
이것도 너무 우습단 말이야

제발
일말의 열망이나 희망도
제대로 소화한 적이 없는데

소회를 적는 게 무슨 소용이지요
거들먹거리며
그냥 흘려 부어 버릴 뿐
부디 이쪽을 보지 말아요
과정이라는 것은 죄다 추해요
그렇다면 결과는요
조금 덜 추해지는 게 목표랍니다
새해에는요

그렇군요
잘 되기를 바랍니다

나는 짙은 파랑도 옅은 파랑도 되어
시리도록 찬 것만 토하면서도
기껍게 우울을 먹이고
미지근한 몸으로 낣음을 잊어버렸습니다
잠시 잊은 것이 아니고 영영 잊었습니다

뒤뜰에 열린 복숭아 반토막 같은 달
빛으로 기의하기에는 너무도 짙게 찬란한

수확철이 지나면 저 월면을 잘게 부수어
얇은 봉투에 담아 드리겠어요

이 겨울 창가가 복사빛으로 훤해지거든
오롯이 제 생각을 해 주시어야 합니다

통증

깊이를 어림할 수 없는 통증이 숨을 건드리고
지나간다 너의 아픔이 치 떨리게 좋다고 하면
힘주어 쥔 연필은 나의 생을 증오한다고 한다

공허함

새하얀 손, 희미한 반짝임을 흩트리는 손이
옷장의 닫힌 문틈으로 삐죽 튀어나와 있다
그것은 종종 맥없이 나를 향해 몸을 흔든다
갸름한 손가락은 너울거리는 수초를 닮았고
핏기가 빠진 손목은 수백 년 전의 유물 같다
새하얀 손, 희미한 우울을 퍼뜨리는 그 손을
마주잡고서 옷장으로 들어가면 어떻게 될까
물비린내가 풍길 때까지 힘주어 끌어당기면
언젠가는 반투명한 몸뚱어리를 볼 수 있을까
언젠가는 호기심을 못 이겨 그 손을 붙들고
다시는 내 방으로 돌아오지 못할 수 있을까
너를 기다리다 나는 끝내 미쳐 버릴 것이다

격려

N에게

귀중한 벗에게, 넌 무엇이든 솔직히 말해 달라고
다시 한번 나를 아이처럼 어르고도 못 미더워서
새끼손가락 약속까지 받아 낸 다음 돌아갔지만,
너도 실은 상황을 대충 알고 있었을 게 틀림없어
그렇잖고서야 커피를 주문했을 리는 없는 것이다
모든 치부를 들키고도 너를 볼 낯이 남았었는지
흰 찻잔을 만지작대며 보라고, 나는 이다지도 흰
그렇게 흰 사람이라고 주장할 염치가 남았었는지
우리가 마주앉아 일억 개의 음절을 나눈다 해도
밤의 머리칼이 희어질 때까지 아픔을 찢어발겨도
결코 지난 시간을 다시 돌이키지는 못했을 거야
그러나 벗에게, 네가 날 위로하지 않아서 기뻤다
결 고운 가을비가 손가락 사이로 미끄러질 즈음
나를 우산 안쪽으로 끌어당기지 않아서 좋았다
네가 처음부터 위로하는 법을 모르는 사람이고
그러므로 너만이 나의 위로라는 사실이 좋았다

말없이

최근 들어 우린 단 한 번도 운 적 없지만
거실의 보송보송한 양탄자를 밟는 동안은
차라리 여기 쓰러져 시체가 되고 싶다고
그렇게 저녁 내내, 생각했는지도 모른다

여름

봄을 새봄, 하고 어여쁘게 이르는 것처럼
이 계절 역시도 새여름으로 부를 수 없나
취하면 그런 이야기만 하곤 했던 당신의
손목에서 달콤한 향을 맡았던 기억이 나
귀 끝에 여름밤이 반짝거렸던 기억이 나
흰 손에 물려 타들어 가던 담배 같은 것과
청량하게 바스러지는 웃음을 줍던 손길과
습관적으로 턱을 괴던 모습과, 이상하지
그저 손이 예뻐서 바라본 것은 아닌데도
이름이 여름이어서 좋았던 것은 아닌데도

당신을, 나의 속에서 잠시만 꺼내노라면

사람을 힘겹게 내리누르는 열사의 갈증과
아픈 습기를 품고 가슴 안에 고이던 말과
풀벌레 소리를 닮아 사뭇 조용하던 울음과
수명을 다하고 나무에서 떨어진 노랫말과
때로는 새하얗고 때로는 새파랗기까지 한
망막을 거쳐 여과 없이 내게 도달하던 빛
메마른 살갗 위에 더한 목마름으로 내리던

순간이어서 반드시 잔인한 장마의 기억과
언제나 미욱한 언어로써 무마할 밖에 없는
침묵 속의 소요 같은 것, 각기 몸을 부비며
나부끼는 이파리의 선율 같은 것 그런 것이
다시 보자 약속할 수 없는 열병 같은 나날이
흐르고, 흐르고, 계속해서 흘러가기만 하는
명목도 없이 아름다운 그 이름이 당신에게

잘 어울린다는 말, 그 한마디를 하지 못해서

서점

길모퉁이 책방은 <상아>라는 참나무 팻말을 내건 채 십 년째 그 자리에 굳건히 버티고 서 있다 내가 이사를 오기 한참 전부터 영업을 했다지만, 그 엄숙한 증언에 상반되게도 주인의 얼굴은 너무 젊어 신뢰도를 대폭 떨어트린다 내가 이런 얘기를 늘어놓으면 그는 자못 진지한 낯으로 보이는 게 다가 아니란 걸 알잖느냐며 능청을 떨기 일쑤다 사람도 많이 다니지 않는 후미진 뒷길거리, 학교나 학원 따위의 주 수입원과는 한참 먼 이곳에 둥지를 튼 이유가 뭘까, 하긴 주인이 계산대에 기대어 한갓지게 낮잠 자는 꼴을 구경하노라면 그가 책방을 운영하는 일은 장삿속에서 비롯함이 아니라 그저 저 읽고 싶은 책이나 푸지게 보고 잠이나 자면 그만이라는, 부럽기 그지없는 마음가짐에서 생겨난 결단임이 틀림없다는 생각을 한다 그렇지 않고서야 책을 사 가기보다 그 자리에서 몇 장 읽기가 습관인 손님들을 달가워할 리 없고, 기껏 심사숙고하며 책을 고르는 옆에 와 간지럼을 태우며 객쩍은 방해 공작을 펼칠 리도 없는 것이다 그는 홀로 시간을 보내는 일이 따분하다며, 매일같이 반복해 몸에 배어 버린 업무를 제외하면 대부분 제 마음대로 쉴 수 있는 것은 좋지만 가끔 너무나 외롭다고 했다 외롭다구요? 외로워요, 그 대답은 속삭임처럼 작고 목소리는 느릿느릿 가늘었다 주인의 얼굴은 하나도 바뀌지 않아 그대로였는데 나는 어째서 속에 있던 마음을 죄 간파당한 듯 움츠렸을까 말동무가 필요한 책방 주인, 드나든 지 꼭 삼 년 만에 털어놓은 속내와 그만큼 싱거운 흰 얼굴, 나는 기꺼이 그러겠다고 말했고, 이후로 일주일에 한 시간씩 자유 시간이 비었다 장미목으로 만든 고아한 책상에 마주 앉아 있으면 이야깃거리는 샘에서 퍼 올리는 것처럼 수월하게도 쏟아졌다 그가 대답해 주지 않는 한 가지 질문이 있다면 예의 알쏭달쏭한 상호에 관한 것으로, 나는 틈이 날 적마다 그에게 <상아>라는 이름은 역시 코끼리의 새하얀 엄니 그것인지 아니면 저 전설 속의 월궁항아를 가리킴인지 묻곤 하지만 그는 늘 입을 꾹 다물어 버리기 일쑤다……그런 수상쩍은 반응이 사뭇 심술궂은 추리를 도리어 부추기는 것을 모르고, 손수 끓였다는 보리차를 단숨에 비우며 그는 자꾸 이상한 것 물어볼 거면 앞으론 간식도 안 내줄 거고 차도 안 끓여 주겠다는 — 자기야말로 퍽 이상한 — 으름장을 놓는다 밉지 않은 핀잔을 어깨에 얹은 나는 책 몇 권을

올리고 지갑을 꺼내 계산을 한다 하지만 들어 보세요,
요새 종이책을 누가 사죠, 비싸고 무겁기만 한 것을요
더욱이 여기는 목이 너무 안 좋아요 너무 구석이라서
아는 사람 말곤 찾아오지도 못할걸, 그는 삑삑 소리를
내며 바코드를 찍는다 무덤처럼 고요한 저녁, 그보다
더 적막한 가게 안을 휘이 젓듯이 둘러보고는 은근히
웃는다 그러게요, 언제나처럼 낮은 목소리에 의례히
따르는 것은 '그래도 별수 없지 무얼'하는 말일 것이다
나는 봉투를 받아들고 상아의 문을 나선다 맑은 종이
두어 번 울리고 저 앞으로 백 보쯤 걷다 돌아보면 그의
오랜 책방은 저녁 석양 속에 묻혀 붉게 타는 것만 같다
그러한 풍경을 못내 좋아함을 조심스레 고백하려 한다

운명

나는 소년의 등 뒤에 평생 기생하여 살았으므로 그가 가는 곳이면 어디든지 갔다. 기억을 되살리기도 힘들 만큼 아주 먼 옛날부터, 소년은 끝을 향하여 걷고 있다. 모래벌판 위에 별다른 지표가 새겨져 있을 리 만무한데도 계속해서 걷고, 걷고, 또 걷고……. 내가 그의 남루한 여행 가방 위에 올라앉아, 끝이 가물거리는 지평선을 바라본 지도 수십 년이 되었다. 해가 뜨고 지기를 수만 번쯤 반복한 다음에는 그만 헤아리는 것을 잊어버렸다. 비루한 배낭 속에 든 것은 책 서너 권과 말라비틀어진 육포, 수통 하나가 전부다. 이따금 맑은 샘을 만날 때면 그는 수통의 배가 빵빵해질 때까지 물을 콸콸 채우고, 몇 주 동안 그것을 몹시 아껴 마신다. 햇볕을 겨우 가리는 넝마 쪼가리 밑으로 앙상한 발모가지가 쿵쿵 흔들리며 바닥을 짚는 것을 보자면 나는 과히 애처롭기도 하고, 과히 우습기도 한 기분이 된다.

그저 나는 소년의 등 뒤에 평생 기생하여 살았으므로, 그가 가는 곳이면 어디든지 갔다. 무료함은 사람을 좀먹고, 갉아먹다가, 끝내는 산 채로 잡아죽일 것이다. 그 마지막 단계에 도달하기 전까지 우리는 사람이 사는 동네를 찾아 무전취식해야 하는 처지였다.

기적적으로 이 척박한 황무지 가운데 작은 마을을 찾아내면, 소년은 식량을 얻는 조건으로 무거운 짐을 나르고 벽돌을 굽고 허드렛일을 도맡아 해 주었다. 그러니 엄밀히 말하자면 아예 공으로 얻어먹고 자는 것은 아니었지만, 기본적으로 영양이 허약한 소년이 장정만큼의 힘을 낼 리는 없는 관계로 맘 고운 아낙들이 그를 딱하게 여겨 허름한 천막 뒷자리나마 옜다, 하고 선뜻 내어주는 것도 사실이다. 피곤한 소년은 눕자마자 달콤한 잠 속으로 곯아떨어지고 나는 밤새도록 뜬눈으로 불침번을 선다. 이미 산산이 부서진 꿈이나마 누군가 그것을 훔쳐 갈까 두려워.

얘야, 넌 늙지도 않는가 보다. 몇 년 전이랑 달라진 게 하나도 없는 것 같으니.

이런 식으로 기십 개의 벽촌을 떠돌다 보면 몹시 드물게, 어린 방랑자를 기억하는 늙은이들을 만나곤 하였다. 참 희한하기도 하지, 얼굴이 전혀 변하질 않았어. 얘야, 나를 알아보겠느냐? 그들이 아무리 자기네를 기억하느냐고 질문 공세를 던져 봤자 앞이 보이지 않는 소년은 그런 말에 대꾸할 재간이 없다. 눈이 있어도 추악한 것만 담을 뿐이라면 차라리 뽑아 버리는 편이 나아, 그렇지 않니. 여태 소년이 온몸을 내던져 지탱해 온 것은 어쩌면 이토록 파괴적인 경구이다. 그는 항상 내게 동의를 구하듯이 묻지만 — “아아, 그래서 내가 스스로 눈을 뽑아 버렸던가 보다, 그렇지 않니?" — 소년이 시력을 상실했던 것은 참말 버거우리만치 오래전 일인지라 똑 부러지게 그렇다 아니다 잘라 말할 수가 없다. 그럴 때면 나는 으레 이렇게 화답하기 마련이다.

잊어버렸어. 밤이 너무나 어두워 이제는 네 눈이 그 자리에 성하게 있는지, 아닌지조차 모르겠어.

하지만 마지막 말은 묻어 둔다.

그래서 이 밤이 영원했으면 좋겠어, 나는.

하지만 소년은 매 순간 내 의지에 반하여 꾸준히 어둠 속으로 나아간다. 인제 그만 방황은 관두고 돌아가면 안 될까, 혹은 그냥 저 소박한 마을에 발붙이고 한낱 촌부가 되어, 모든 것을 다 잊은 채 살면 안 될까……? 수천 번 충동질해 보아도 소년은 고집을 꺾을 줄 모른다. 그는 제 눈꺼풀 속에 지독스럽게 들러붙어 있는, 저주와도 같은 새까만 어둠을 꼭 죽여야 하겠다고 결연히 말한다. 그 어둠을 이겨 내기 전에는 어느 푹신한 유혹에도 몸을 의탁할 생각이 없다고 한다. 맹인이 환한 빛을 갈구함이란 태초부터 얼마나 당연하고도 자연스러운 일인가? 하지만 소년이 찾는 빛이란 문자 그대로의 빛이 아니다. 그런 서글프고 초라한 것을 원했다면 애초에 제 눈알을

파내지도 않았을 테지.

그러면 그가 찾는 건 무슨 빛인가? 세상이 그의 아래 머리를 조아리던 때가 있었고, 해가 뜨나 달이 뜨나 혀가 길쭉한 아첨꾼들이 발등을 핥기 위해 찾아오던 때가 있었다. 소년은 황금빛 태양에 눈이 시려 손차양을 한 채로, 왕좌에 느른하게 걸터앉아서 그 거짓된 맹세를 듣곤 하였다. 그들이 주워섬기는 충성이 참이든 거짓이든 아무 상관도 없다며, 젊은 군주는 한껏 우쭐했고 당장 눈앞에 차려진 감미로운 행복을 만끽하기에도 바빴다. 꿀처럼 달고 고운 말, 꽃잎처럼 연약하고 가벼운 말. 시절은 설탕으로 빚어 놓은 양 정교하게 아름다웠지만 폭풍우가 들이닥칠 때 그런 아름다움은 하등 도움이 못 되는 법이다. 하긴 강철 검과 방패로도 파멸을 늦출 수는 없었으리라.

명예는 한 줌 잿더미로 변했다. 발목을 칭칭 옭아맨 무형의 사슬을 내려다보았을 때는 이미 모든 것이 늦어 있었다. 다 무너져 내렸어, 전부 끝났어. 기어코 심판의 날이 도래했지. 이것은 소년의 입버릇이다. 나는 심판을 받은 거야.

어쩌면 그가 구하고자 하는 것은 옛 영광일지도 모른다. 시간을 거꾸로 돌려 그 유리의 성, 찬란했던 왕좌에 다시 앉기를 꿈꾸는지도.

하지만 그 누구도 눈먼 왕을 원하진 않을 것이다.

그의 한쪽 발이 부어 있는 한 절대로 불행은 소년의 곁을 떠나지 않을 것이다. 나는 소년의 등 뒤에서 지나치게 오래 살았으므로 미래를 점치지 않고도 그런 일쯤은 거뜬히 알 수 있다.

-

누군가 소년이 늙지 않는 이유를 물었을 때 그가 딱 한 번, 아주 진지하게 답한 적이 있었다. “아마 제가 앞을 보지 않고 걷기 때문인가 봅니다” 수수께끼란 것에 이골이 난 사람들은 그 말을 이해할 수 없었고 소년은 입술만 움직여 웃고 말았다. 이 답변은 추후에 사람들의 입맛에 맞추어 ‘영원한 젊음의 샘’이니 여신의 축복이니, 마법의 사과를 한입 베어 물어서 얻게 된 능력이니 하는 더욱 덧없는 말로 변주되었으나, 내게는 첫 대답이 가장 그럴싸했다. 소년은 분과 초를 아예 감각하지 못했기 때문이다. 그는 해가 동쪽에서 떠 서쪽으로 저무는 것을, 바람이 남쪽에서 북쪽으로 지나가는 것을 몰랐다. 분명 알았으나 어느 순간 아주 모르게 되었다. 지금이 몇 시지, 하는 질문도 언젠가부터 하지 않았다. 그는 극히 조금만 자고도 하루를 잔 것처럼 생기가 돌았으며 두 다리가 움직인다면 어느 때고 걸었다. 한밤중과 새벽, 낮과 저녁나절은 소년의 피부 위로 그저 스칠 뿐 단 한순간도

스미지 않았다. 일테면 시간은 그를 에워 흘러가는 물살이었다.

잘 들어 보렴. 어쩌면 우리는 그 시간에 갇혀 있는가 보다. 이 어둠을 물리치기 전까지 나는 나이를 먹지 않는 거야. 어쩌면 난 이대로 영원히 걸을 수도 있어. 이것 참 좋은 일이 아니냐, 신의 축복이나 우스운 샘물 몇 모금 없이도 이토록 어리석은 젊음을 누릴 수 있다니.

눈망울을 반짝이면서 — 물론 그에게는 반짝일 눈이 없으나 — 말하는 것을 지켜볼 때면 나는 소년의 볼에 성숙한 물기가 차오른다고 생각했다. 별빛 한 움큼을 집어삼킨 해말간 살갗이 반짝반짝 빛나는 것 같다고도 생각했다. 그는 몽상가인 동시에 염세주의자였고, 거리의 부랑자이되 영예로운 왕이었으며, 어린애인 동시에 백 살쯤 먹은 노인이었다. 이 모든 것이 어떻게 소년 안에 공존할 수 있는지 나로서는 알 도리가 없다. 정말로 시간이라는 얄궂은 놈이 겁 없는 소년을 편애하는지도 모르지, 그렇다면 여태 세월은 소년의 가슴 안에 흐르지 못하고 고여 제자리를 소용돌이치고 있을 테다. 그래서 그의 몸이 그리도 무거운가? 그리하여 소년은 때때로 한쪽 발을 저는가?

해가 뜨면 우리는 짐을 내려놓고 그늘 밑으로 기어들어 잠을 잤다. 아주 잠깐만 눈을 붙였다가 별이 뜨면 일어나 걸었다. 지도에도 표시되지 않은 오지, 사람이 다니지 않는 길로도 소년은 담대하게 달리고 돌진하고 기어가고 거닐고 미끄러졌다.

이따금 소년은 나무 둥치에 걸터앉아 옛 왕국의 시를 외거나 생전 듣도 보도 못한 노래를 지어 부르기도 했다. 나는 기억의 모퉁이마다 그 노래를 하나씩 개켜 두고 마음 내킬 때마다 꺼내 듣는 일을 즐겼다. 그와 나에게는 자질구레한 대화가 필요 없었고 그래서 우리는 똑같이 말수가 줄었다.

앞으로, 다시 앞으로 저어 가는 일은 외로움의 연속이었다. 피를 흘리는 외로움은 나날이 제 몸을 불리고 컴컴한 악몽이 되어 단잠을 덮쳤다. 소년은 이 젊음이, 멈추어 버린 시간이, 자신을 사랑하는 흐름이 그저 한량없이 너그러우리라 말하지만 천 번 만 번을 생각해도 대가를 치르지 않는 특권은 없다는 쪽으로 의심이 기운다. 죽음은 아주 긴 유예를 둘지언정, 그가 든 낫은 어김없이 생명의 목을 거두지 않던가?

나는 턱을 괴고 조용히 잠든 그를 내려다본다.

내가 불침번을 서지 않으면 소년은 밤새도록 지독한 꿈에 시달리기 일쑤다. 그의 해묵은 죄과는 무겁고도 가짓수가 많아서 언제나 희미한 망령처럼 목둘레를 감싸고 있다. 망령은 소년이 잠든 틈을 타 실체를 갖추고 사특한 것으로 변하는 것이다. 검붉은 손아귀가 힘을 주어 소년의 모가지를 콱 조르면서 읊조리는, 입술을 타고 흐르는 표독한 고발은 한 치의 거짓도 없어서 소년은 내 죄가 아니오, 아무런 변호를 못 한다. 불길한 신탁을 받고 나를 등에 업은 채 태어난 갓난아기, 잘못이 있다면 그저 뱃속에서 수태해 무사히 나왔다는 것뿐일진대 망령의 증오심은 늘 비뚤다. 과거의 죄는 불씨 같아서 짓이겨도 살아나고 끈덕지게 고개를 내밀 것이다. 아마도 평생토록 귓전에 달라붙어서 가냘픈 육체가 죽어 넘어질 때까지, 결국은 완전히 미쳐 버릴 때까지.

어디선가 풀벌레가 구슬프게 운다. 메마른 들판을 휘저어 몰려오던 밤바람은 나뭇등걸을 베고 잠든 소년의 옷깃까지 팔랑, 흔들고 달아난다. 눈꺼풀이 설핏 떨리더니 이내 다시금 평온해진다.

불현듯 등줄기에 두려운 오한이 일고 나는 줄곧 갈구했던 물음의 답을 얻는다. 내 어둠을 물리치리라, 싸워 이기리라 숱하게 뇌까렸던 그 말이 갑작스럽게 심장을 쿵쿵 울리며 핏줄을 죄다 얼리는 것 같다. 깨달음은 얼얼할 정도로 차갑고 명징해서 나는 잠시 머리가 멍했다. 부르르 몸서리가 쳐진다. 지금 소년의 젊은 뺨을 내려다보는 이때 나는 그의 모든 의중을 속속들이 알 것만 같고, '우리'의 신세가 가엾고 우스꽝스러워 웃음이 날 것도 같다.

소년이 원하는 것은 다시 한번 세상을 보는 것도, 영원한 젊음을 간직하는 것도, 황금의 왕좌도 아닐 터이다. 모든 영광은 이미 그 빛이 바랜 멍에, 헌신짝보다도 쓸모없어진 이름일 뿐이다. 오로지 나아가기 위해 나아가는, 앞을 보지 않고 걸음을 옮기는, 휘청거리고 휘뚝거리며 태양을 향해 달음질치는 부은 발.

예언은 무섭도록 정확하게 제가 준 것들을 다시 수확해 가느니, 언젠가는 반드시 그에게 베풀었던 푸른 젊음을 거두고 무릎뼈를 주저앉힐 것이 틀림없다. 친절로 위장한 가혹한 유예, 없느니만 못한 질긴 세월을 형극처럼 지고서 소년은 내일 일어나 또 걷고, 걷고, 계속해서 걷고……나는 그의 남루한 여행 가방 위에 올라앉아 아스라이 먼 바다의 끝까지 함께 갈 것임을 알고 있다. 실개천과 강줄기와 잔고기들이 오색 비늘을 반짝이며 모여드는 곳으로 갈 것이다. 먼지가 풀썩이는 땅을 지나 수평선이 우리의 동공을 적시는 곳으로 갈 것이다. 마지막 숨이 멎고 소년이 사막 위 고운 모래로 파스스 부서져 내릴 때까지 끝을 위하여, 안식을 위하여, 저 먼 앞으로 노 저어 가는 일을 멈추지 않으리라. 속죄를 향한 고행길과도 같은 이 황무지 위를.

아직 모르는 저 길 어딘가 소년이 빛이라고 일컫는 아침이 오면.

이 어둠이 시나브로 걷히고 계절은 비로소 흐르기

시작할 것이다.

새벽빛을 기다리며, 오이디푸스.

3장

답

언젠가 제게 어떤 마음으로 쓰느냐고 물으셨지요
저는 내일 당장 소각장으로 가야 할 것을 씁니다
오늘 휘갈긴 글줄이 이튿날에는 탐스러워 보이고
모레 지은 노래가 글피에도 청아하게 들리는 순간
가장 어둔 절망과 누우리라는 것을 알고 있습니다
그런즉 누구도 아닌 막연한 찰나를 위하여 쓰는바
제가 자아내는 거짓 또한 그런 사심의 일부랍니다

따뜻한

너는 새삼스레 사뭇 진지한 표정으로
꼭 우리 집 고양이를 만지는 것 같아
중얼거리고, 나는 웃음을 참지 못하고
너는 고양이 발을 쥐고 집까지 걸었다

여차

旅次

진짜 얘기, 진짜 얘기. 진짜 얘기란 진짜 같은 얘기가 아니라, 그러니까 진짜 같은 가짜 얘기가 아니라 진짜 진짜 얘기. 나는 그런 게 필요해. 진짜 얘기가 필요해…….같은 낱말만 계속해서 듣다간 같은 말에 대한 무섬증이 생길 것 같아서 황급히 자리를 피했다. 한참 심장이 두근두근했다. 귀울림이 잦아들 때까지 푹신한 데 기대어 시간을 보냈다. 점심을 먹고 후식으로 친구가 준 뜨거운 엽차를 마시며, 물에 퐁당 담그고 끓이는 것이라면 사실 무엇이든 차茶가 아닐까, 하는 생각을 했다. 그러니까 식물의 씨든 뿌리든 줄기든 잎이든 꽃이든 열매든 볶고 찌고 적시고 달여서 에센스를 추출하는 것이라면 기타 해괴한 것들 전부를 차로 부를 수 있지 않을까. 참새 눈물만 한 양의 무엇이라도 똑딱 얻어 내기만 한다면.

엽차는 씁쓸하고 맛이 있었다. 목 위로 드리운 금속을 만지작대다가 그것이 체온을 품고 있음에 얼간이처럼 놀랐다. 아무리 미지근하더라도 그것을 열로 부를 수 있다는 사실이 좋다. 내가 쏙 증발하더라도 누군가, 아주 잠시 동안은, 여기 내가 서 있었다는 사실을 알겠구나.

축하할 일이 많았던 구월과 시월을 지나고 랑데부, 데자부, 같은 단어를 입속으로 십여 번쯤 굴리다 할 일

목록을 하나 지웠다. 스무 개쯤 되는 목록에는 추운 날 따뜻한 아몬드 프레첼을 먹는 일, 벼랑 위에서 바다를 보는 일, 트렌치코트에 향수 향기를 입히는 일도 들어 있다. 그리고 겨울옷을 조금 사기, 목이 안전하기를 바라는 그 사람을 위해 질 좋은 머플러를 하나 사기. 모-든 것을 완성할 만큼 커다란 캔버스와 실수를 짓밟고 지나갈 만큼은 둔감한 웃음을 사기. 전철이 지상의 강을 지난다. 약속이라도 한 듯 자연스럽게 밖을 내다보는 사람들을 바라보고 있다. 나는 뻔하면서 안전하다. 한 발 헛디디면 떨어질 것 같은 이 길 위에서도.

일요일

악랄한 접골사가 손목뼈를 비틀듯이
넌 안쪽에서 바깥쪽으로 일그러진다

위대한 시집들을 분연히 집어던진다
날 막지 마, 창문 밖으로 나가야겠어

안 돼, 여기 있어, 곁에 꼭 붙어 있어
그래도 좀 걸어야겠어, 공기가 필요해

너도 여우랑 두루미 얘기 알지? 알아
그럼 컵 좀 기울여, 마시질 못하겠어

폭음, 폭주, 폭우, 폭력, 폭언, 폭풍우
파열음을 내는 것들은 다만 나약하다

네 입꼬리는 왜 오른쪽이 더 깊숙할까
오른쪽 볼우물은 상냥한 키스의 흔적

침대는 나날이 잠을 먹어 무거워진다
머릴 대고 있으면 나는 사라질 것 같다

너도 여기 여름이 온다는 사실을 믿지?
견고하게 이물린 빗장뼈 위에 손을 대고

나는 오래 기다린다

심박이 느려지므로 너는 괜찮은 것 같다
아무 말이 없으므로 신앙의 그것과 같다

바다

얼음장처럼 차가운 저 시월의 바다에
내 몸을 적시고 녹아 버릴 수 있다면
아무도 찾지 않는 머나먼 물길 속에
숨결 한 조각까지 용해될 수 있다면
가라앉아 썩어지기를 기다리지 않고
나이 들어 흐려지기를 견디지 않고
감사납게 뒤채는 파도 아래 고요히
아주 고요히 아스러질 수만 있다면
맵짠 소금기 품은 북풍을 끌어안고
마모되어 버린 마지막 목소리까지
내 사랑하는 바다로 채울 수 있다면

결말

진초록 우울이 넘실거리던 새파란 불꽃처럼 타오르던
두 눈동자는 빛을 잃었네 맥없이 휘늘어져 쓰러지네
떴다 가라앉으며 자맥질하는 마지막 애원이 가엾어라
고무풍선처럼 부푼 허파는 끝내 갈기갈기 찢길 텐데
무엇을 위해 그리도 필사적으로 뱃전을 붙들고 있나
보아라 이미 너를 수차례 삼키고 토해 내는 저 파도
흰 손 벌써 지느러미로 변하니 얼마나 무정한 일인가
옥석 같은 목소리가 인제 구슬픈 소금기에 절겠구나
날 모른 체하지 말아 다오 북극성이여, 낡은 노래여
이제 너를 저 심해로 내려보내면은 갈마바람이 불고
우리 항해를 계속하리니 가거라, 다시는 못 볼 이여
돛이 펴지고 아침이 오면 우리는 너를 잊어버리리라

물음

너 무섭지 않니

네 말로 어떤 이의 하루를 지어다
마음 내킬 때 곁에 두고 보듬으며
질리면 무너뜨릴 수 있다는 것이

아무것도 저어하지 않는 얼굴로
뭐든 기꺼이 해내겠다 지껄이는
흰소리에 궈전을 내어주는 일이

아주 희도록 눈부신 말을 베어다
그지없이 역겨운 수프로 바꾸는
상한 손에게 뺨을 허락하는 일이

그러다 언젠가 그의 하루가 죽고
네가 무너뜨린 것들이 뒤에 남아
결국 사랑한다고까지 외칠 것이

너는 무섭지 않니

유한성

손대지도 않을 안주에 지쳤다

이중적이구나, 너는 말하고 나는 그를 수긍하고

조금 투박하게 머리를 쓰다듬는 버스 손잡이의
흔들대는 박자에 맞춰 죽어 넘어지면 좋을 것을

한갓진 정경 발걸음 추락하는 석양 비둘기 군집
두려움은 어째서 낮에도 또렷이 생존해 있을까

머리통이 빠개져도 선지피 한번 쏟을 줄 모르는
희망 붕괴하는 달 위에 낮은 밤이 외롭게도 떴다

우리는 술을 마시자고 안주를 주문하는 것이지
안주를 위해 술이 있는 것이 아니잖느냐 말하고

그것은 내가 네 이야기를 위해 존재함과 같은 말
말이 마구간지기를 위해 사유한다는 말만큼이나

이상스러운 현기증이 나는 말

입에 닿지도 않을 편리한 이별에 진저리가 난다

입안에서 구르기만 하는 욕설에 넌덜머리가 나
내뱉어 버리면 거기 오염된 너는 어디로 가려나

거기로 여기로 혹은 저곳으로 흘러가고 쓰러져
어느 날인가 내 발밑에 맥없이 놓이면 좋겠는데

너무 뻔한 감정은 절멸할 것도 뻔하지 않을까요
아가미를 열고 뻐끔거리는 금붕어라도 된 듯이

뭍에 나온 것은 공기의 맛을 기억하지 않을까요
한번 공기를 입은 비늘은 더 파릇하지 않을까요

그러나 너를 바라보고 있어도 보고 싶음이 싫어
주말이 종말하지 않고는 오지 않는 평일이 싫어

전철은 목적지에 토하고 나는 부러 쾅쾅 걷는다

얼음을 깨듯이

생각하자마자

어쩌다 도착한 동네에는 얼음 녹은 비가 내린다
거리는 온통 희부옇게 무거운 물기로 가득하고

눈언저리를 문질러 흐린 비를 내고 멈추어 선다
깊숙이 침잠해 눈조차 깜빡거리지 않던 흰 얼굴

너는 갔다, 기이하도록 즐거워서 무섭던 대화와
이야기를 위하여 사람을 속이던 취기와 입맞춤

나는 부지하는 법을 까맣게 잊은 날것처럼 걷고
천체에 짓눌려 어깨가 빠지고 만 지층처럼 걷고

옛날 거대한 숲이었을 길은 아직도 무심히 멀어
잠깐 실종되었던 구두를 아무렇지 않게 꺼내어

쓴다

적란운이 빛난다

발아래서 눈이 되다 만 비가 밟힌다

현기증

낮이 기울어질수록 저녁은 조금 더 가난해졌다
밤의 등뼈를 희게 부서뜨리며 몹시도 울었구나
난처한 희열과 두려움 사이에서 숨이 위태로워
그저 우습도록 솔직한 혀밖에 줄 것이 없었겠지
산허리 절벽 품으로 비틀거리며 안긴 바다 위에
어찌할 도리도 없이 삭이 지고, 초승달이 오르고
파리한 반달의 귓불 같은 것이 수면에 얼비친다
넝마처럼 앉은 나는 네가 자맥질하는 것을 본다
허망한 물살 속 고갤 처박았다가는 다시 떠올라
꼭 물에 사는 족속의 비늘처럼 요사하게 빛나는
너는 웃음을 물기처럼 함부로 뚝뚝 흘리며 온다
허물 벗듯 소맷자락을 흔들어 무언가를 꺼내고
복숭앗빛 윤기가 도는 절망을 건져 내게 먹인다
거짓 없는 입술에서는 온통 쓴맛밖에 나지 않아

어쩌면 좋지

앞으로도 너를 가난하게 그리워할 자신이 없다

소금

바라건대 나는 언제까지라도
저 소금 바다에 두 발을 묻고
천 개의 해가 뜨고 지는 것을
기꺼운 마음으로 바라보리다
훗날 모래 눈썹이 허물어지고
다리는 소금 기둥으로 변하여
입술에 짠물만이 밀려들 적에
바라건대 나를 깊이 가라앉혀
산산이 조각나도록 부숴 주오
척추뼈 감사나운 파도가 되고
쇄골은 물고기의 안식처 되어
푸른 기억의 비늘 흩어질 적에
지치고 해진 몸을 뭍으로 밀어
저 볕에 바싹 마르도록 해 주오
거친 이 살갗 바닷바람이 되고
얼어붙은 숨결은 북극성 되어
하얀 별빛이 지상에 나릴 적에
나는 옛 노래처럼 스러지리다

청춘

창가에 꽃잎처럼 줄지어 떨어진 벌새들
청춘의 사인에 관해 이야기하는 청년들

이마의 골이 깊어지기 전 영원해지거나
부레가 제 기능을 하지 못해 익사하거나
우리는 잠자코 웃는다 산성비 때문인가,
땅 위로 너무 일찍 고개 내민 탓일 수도
아니라면 뭐 사실 그것밖에 없지 않겠어
그래 그거 말야, 생선 같은 눈을 빛내며
토마토케첩이 묻은 손가락을 쪽쪽 빨며
늙은 청년들은 하 수상쩍게 킬킬거린다

혀를 빼어 보면 죄 거멓게 타들어 있겠지
말이란 놈을 지나치게 꿀꺽한 탓이렷다

아가리를 너무 크게 벌리다가 죽었다는
이 헛된 사유쯤이야 유쾌한 이야깃거리
우리는 식충식물처럼 미끈한 입을 열고
파리 모기 아무거나 삼킨 지 오래되었지

글쎄, 가끔 손목을 깨물다 울기도 하고
소화할 자신도 없는 헛소리에 즐거워져
아무렇게나 입 열어 흰소리를 부풀린다
아무나 지껄이다가 결국 입을 꾹 다문다

꽁지깃이 새파란 벌새가 귀를 기울이다
그 침묵이 소란스러워 포르르 달아났다

자아, 이제 집까지 헤엄쳐 갈 시간이다
벌써 날이 밝았어, 쓸모없는 말종들아
아침부터 저녁까지 처먹은 몫을 해야지
우리는 비틀비틀 일어서 문으로 나간다
야윈 속눈썹이 파르르 떨리는 것도 같다
하긴 떠는 것은 눈썹만이 아니지 않으냐
숨을 꽉 누르고 얼어붙은 강나루로 가자
썩 가자, 아가리마저 잃어버린 탄식들아

그 어느 때보다 혹독하게 노래하는 겨울
텅 빈 육신을 태우고 바다로 가는 청년들

속삭이다

사월의 폭우, 아무런 형체도 없는

비는 좀처럼 잦아들 기미가 없다
넌 여전히 착하게 웃기를 잘하고
쉬이 울지 않으려 무진 애를 쓴다

우리는 기본적으로 결여되었으며
매번 아주 습관적으로 단절되었지
죽기 직전의 별처럼 몸부림을 쳤다

열린 창으로 피 묻은 빛이 떨어진다
감히 달아나지 못하고 숨어만 있는
하얀 저 깃털은 이미 날개를 모른다

상처 많은 너를 심술궂게도 할퀴며
흉터만 수집하는 심장을 꼬집으며
긴 척추뼈를 더듬으며, 가지 말라고

나는 무서워

아무렇게나 들쑤시고 다니는 손이
손으로 저지를 수 있는 모든 일들이
쏟아져 목덜미를 식히는 낮은 밤이

내버려 두어도 부패하지 않는 마음과
흔적 없이 멎어 버린 빗물 비슷한 것
억지로 울음을 참을 때의 웃음 따위

휘청거리는, 절대 돌아보지 않으려는
그런 발걸음은 아예 없었으면 좋겠어
제발 같은 말은 제발 죽었으면 좋겠어

그러나 항상 그 뺨을 어루만지고 나는
잘 다녀와, 겨우 힘을 그러모아 말하지
손가락이 툭 떨어지면 너는 가고 없다

허공

관자놀이에서 외로움의 냄새가 난다
신 커피는 별로 입에 대고 싶지 않다
불행한 과거들을 독해하고 싶지 않다
스스로 활자 중독이라 일컫는 이들과
어깨를 비비적대며 걷고 싶지도 않다
약점을 드러내는 것이 맹점이지 않니
외로움의 냄새라니, 지나치게 지나쳐
미안해, 내가 아니고 손가락이 그랬어
모든 어지러움은 고 손끝에서 나왔지
어쩐지 몹시도 호박색 도는 하현달이
검은 밤바다 위로 차랑히 놓여 있었지
찰랑찰랑 누워 있었지 익사할 것같이
달을 삼키고선 그저 밝은 별이었다고
바다는 말끔한 얼굴로 거짓말을 할까
사람들은 왜 뺨을 보고 달이라고 할까
커다란 손바닥이 잠시 볼을 스쳤다가
울 것처럼 턱 언저리를 애타게 맴돈다
손가락 열 개도 짜맞출 얼개가 있는데
두 발에게는 아무래도 갈 곳이 없구나
생각할 때에 바다는 으레 입을 벌린다

나는 파도 속으로 못된 것만 던져 왔다
얄팍한 손모가지, 설익은 낱말, 빈 고함
어줍은 울음소리, 모난 돌, 찢어진 입술
해진 마음, 꿰매는 마음, 떨어지는 마음
파도는 함부로 울컥 뱉는 법이 없었으나
소화하는 법 역시 몰랐으므로 다시, 다시
초라한 발등에 걸려 돌아오기 일쑤였지
이대로 영영 흔들리지 않고 서 있노라면
이야기처럼 두 다리는 소금기둥이 될까
모래밭에 절여진 손 밑동만 홀로 남아서
축축하고 짠 글만 쓸 수 있다면 좋겠지
그리고는 흔적 없이 지워지면 좋겠지……

가지 마, 무슨 일이 있어도 없어지지 마

저 멀리 너울대는 선상의 불빛처럼 너는
위태하더라도, 드문드문히 숨 쉬더라도
계속 위태로워야 해 숨을 몰아쉬어야 해
초여름 바닷가의 이른 열망으로 인하여
소박한 축포가 하늘 끝으로 일렁거린다

코젤, 스텔라, 크롬바커, 칼스버그, 블랑
늘어선 맥주는 여느 이방인의 이름 같다
베개에서 술잔에서 어려운 냄새가 난다
나는 날 가여워하므로 강한 사람이었어
그러잖고서는 절대 견딜 수 없었을 거야
천장에서 바닥까지 눈물이 일그러진다
아픔들은 나를 빼고 웃고 있는 것 같다
불안하게 호흡하며 깨어나고 싶은 것이
달아나고자 하는 것이 전부 열망이라면

신 커피는 여전히 입에 대고 싶지 않다
관자놀이에서는 외로움의 냄새가 나고
지나치게도, 지겹게도 잘 살아 있노라
허탈한 노여움, 넋두리, 하등 쓸모없는
작은 이야기만을 몹시 귀중히 여기며
골통으로 울리는 환청을 받아 적으며
내 것 아닌 손가락으로 이 글을 쓴다

그럼에도 다시 아침이 밀려오고 있다

조금 더

가지 말아요 나랑 계속 있어요
나는 거짓말만을 먹고 살아요
그러니 가지 않는다 약속해요
여기 머무르며 나를 재워 줘요
외로운 나를 더 가엾게 여겨요

배고프다면 사과를 따 올게요
그게 싫다면 절벽에 핀 여름을
흐린 저녁 안개를 잘라 올게요
허망한 것들로만 배를 채워요
흐르고 지나고 날 버리는 것들

난 당신처럼 영리하지 않아요
미지근한 밤에도 혀를 데어요
타오르는 별을 피해 달아나요
새빨갛게 문드러지는 두 발로
달음질치며 나를 전부 흘려요

목을 조르고 을러메도 좋아요

장미의 꽃잎은 다 떼고 주세요
빨강 손톱은 당신에게 어울려
지칠 때까지 빙글빙글 춤춰요
가여운 나를 더 예쁘게 여겨요

가지 말아요 나랑 함께 있어요
나는 거짓말만을 먹고 살아요
그러니 오늘의 식사를 내줘요
내일 다시 오겠다고 말해 줘요
지킬 수 없는 약속을 해 주세요

꿈

간밤 꿈에는 달의 파편으로 거리가 온통 희고
밤의 파편으로 사람들의 피부가 온통 푸르고
동공을 지지는 황금빛 태양에 모두 눈이 멀어
맹인은 새하얀 빛 깔린 거리를 비틀거리는데
부서진 달을 밟을 때마다 바스락바스락 소리
푸른 눈물은 거기 찔릴 때마다 훌쩍훌쩍 소리
상처 입기 쉬운 사람들은 끝없이 비척거리고
탐욕스러운 태양은 밤도 없이 수평선에 누워
이다음에는 저 별들을 떨어트릴 거라 말했지
간밤 꿈에는 아무도 서로를 바라보지 못하고
그 누구도 이 꿈이 어디서 끝나는지를 몰랐지

무게

N에게

천장은 점점 좁아지고
작문 수업에서는 거짓말을 제출한 날
방 벽지 속에서 모두를 구원했다는 여자*와
그의 가둬 죽여 마땅한 남편
벗에게,
집으로 돌아가는 길에는
대체로 그런 이야기가 떠올라
나를 밤물결 한가운데로 떠미는 것 같다
현실과 꿈 어디서든 출현하는
하얀 손에 관해, 오래 생각했다
존재를 과시하지 않으나 부재하지도 않는
그 개념을 조탁하는 일은 길고 고통스러워
영영 완성하지 못할 것 같은 기분이 든다

나는 신뢰받지 못하는 주인으로
생을 맡을 자격이 없구나
혓바닥을 살금살금 깎아 빚은
나의 시든 청보랏빛,

젖은 손톱 위를 해일처럼 휩쓸고
북해로 스러진 꽃잎들의 무덤……
끝을 닮은 것들은
매양 얄밉게도 끝을 부추길 뿐
아름다움에 책임이 없고
시력이 남아 있는 한 나는 더러운 것을 보아야 한다
가끔은 그래도 무언가 살아 있기를 바라지만
살아 있으려거든, 구별되어야 해
활滑한 지문을 가지고서는
그제 썼던 일기장조차 열 수가 없어
어제 내렸던 햇볕도 제 몫으로 그러안을 수 없어
정말이야, 사실이야
오늘은 그게 전부란 말야

층계참에 동그맣게 서서
한참 지하 꿈을 꾸다
그대로 머릿속이 헝클어져 버린 날
거연히 내려다본 품 안이 너무 어두워
발작처럼 폭우를 내보냈던 한낮
그날 봄눈이 왔어
우연이 아닐 거라고 믿고 있어

너는 귀한 것 무엇이든 아끼지 않는데

너의 귀함은 왜 동이 나지 않아?
부디 웃지 마, 달려오지 마
무슨 일이 있어도 절대 무엇을 대신하지 마
어떤 사유는
도저히 삼킬 수 없을 것 같아
좋은 것만 보이는 이의 생활에
좋은 것만 그득할 리 없는데

서름한 손가락을 그물처럼 엮어
무수한 위성의 궤도를 재었지만
사실 어떤 것도 나를 위로하지는 못했다
그러니 네가 이깟 편지를 위로 삼는다는 이야기도
건듯 말하면 나는 믿지 않아
무언가 변한다는 이야기도 변치 않는다는 이야기도
전부, 오븐에 넣고 죽여 버렸어
기도하는 마음으로 백팔십 도에서 십오 분
레몬 마들렌이 충실하게 구워질 동안
아이처럼 식탁보를 잡아당기던 너
건반악기의 영혼을 취한 한숨,
설탕 절임 복숭아를 위한 에튀드……
얇은 커튼에 얼비치는 유리창의 뼈
석양은 열어 달라며 문간에서 울고
네 작은 동물은 숯검정 같은 털끝을 세우는데

연신 달그락대던 건 빛이었을까,
갈망이었을까

농익은 달콤함 앞에 반짝 손뼉을 부딪치던
벗에게,
아무래도 이 결과를 믿을 수 없어
원인과는 더더욱 친해질 수 없어, 나는
나는 네 오늘의 체온을 알 뿐이야
이마가 곧고 손은 푸르고 웃음소리가 옅으며
아무리 정성 들여 세공하더라도 산산이 부서지고 마는,
찔리면 파르르 떠는 연약함이 있다는 것을
파르라니 흐르는 맥이 품은
비밀이 키운 이지를 알 뿐이야

존재에 합당한 무게를 가진다면
우리는 어디서든 만날 수 있겠지
흐린 잿빛과 또렷한 잿빛, 그 어디로 떠밀리더라도
싸늘한 물결 헤치고 찾아올 온도가 있으므로
명료한 언어를 직조할 때까지
편지 한 통을 기다릴 인내가 남아 있다면
잠겨 죽기를 기다리지 않고, 만조를 염원하지 않고
네 이름을 휘하는 비겁을 보이지도 않겠다
편지 말미에서

항상 다시 첫 문장을 읽는 벗에게,

얼마 남지 않은

사월의 평안을 빈다

이 말에서도 무게가 태어나기를 바라며

총총

* C. P. Gilman, *The Yellow Wallpaper*, 1892.

기울다

두 팔을 벌리고 울어도 용서해 주실까요

미명 뒤로 숨는 법을 가르친 건
당신이었는데도

문간에 들어서는 순간 안아 달라고 말했습니다
넘어졌습니다
무릎은 주저앉았습니다

이제 나
피 같은 것을 흘리지도 않아요
눈물 같은 것을 담지도 않아요
쏟아져도 나를 적시지 않아요

감정이라니

쏘는 맛이 나네요
탄산이 있는 와인이거든
찰랑 찰랑
적요하게 그런 소리를 내었어요

마음이
아니면 대체, 대체 어디가

나는 진자처럼 흔들리며
다만 숭고해지는 법을 익혔습니다

손가락으로 서로 얼굴을 문지르며
부지런히 형체를 마모시키는

밤
아른아른해지는

우리는 제발 다정하게 낡아요

한쪽 팔로만 사랑해도 당신을 내어주실까요

나를 미워하는 법은
천천히 배워도 좋아요

장마

날씬한 촛불이 위태하게 흔들리는 밤
고장이 난 라디오는 주파수를 잃었고
낡은 멜로디만 끝도 없이 흥얼거리네

우리는 무수한 비의 기억을 가졌지만
정작 한 번도 창문을 연 적은 없었네
두려워 몸을 둥글게 말고 숨었을 뿐

우리는 스러져 가는 모든 것에 대해
침몰하는 세계에 관해 이야기했지만
정작 한 번도 이 비를 사랑한 적 없네

연필

내가 연필을 가지런히 깎아 길이순으로 필통 안에
진열할 즈음 너는 그것을 썩 괜찮은 무기로 여기고
있었다는 것, 찌는 듯한 팔월 한여름 밤 그가 다시
나타나 내 모가질 쥐고 쩔렁쩔렁 흔들었을 때 너는
날카로이 다듬은 연필로 그의 연수 부분을 정확히
노렸다는 것 밤은 통째로 비틀거리고 어둠이 깔린
도로를 지나 소란이 몰려올 때 구슬프게 울부짖는
짐승을 제치고 더러워진 셔츠 소매를 걷어 올리던
너 망설임과 경악과 무질서와 개중 아무것도 택할
마음이 없어 뵈던 너, 움켜쥔 손에서 유난히 검게
빛나던 연필과 코끝에 끼치던 뜨뜻한 비린내 이제
밖으로 나갈 수 있어, 손목을 붙든 채 속살거리던
목소리는 지독히 들떠 있었다 너의 눈을 바라보지
않았다면 좋았을 것이다 흑연처럼 반들거리는 네
눈동자 조금도 나를 의심하지 않았던 그 눈동자를

투정

딱 한잔만 하지 않을래 어쨌든 금요일이니까
술잔 앞에 턱을 괸 채 꾸벅꾸벅 졸지 않을래
발끝을 흔들며 좋아하는 곡의 박자를 맞추고
물릴 때까지 앉았다가 거리로 나서지 않을래
헤프게 쏟아지는 어두운 빛 아래로 나아가다
별것도 아닌 말에 별것도 아니게 웃어 버리고
나는 어느 순간 너의 이름도 모르게 되었다가
잡은 손의 온도만을 어렴풋이 기억하게 되어
어지러워지고, 느려지고, 수상하게 서글퍼져

한잔만 더 하지 않을래 내일은 쉬는 날이니까
오래전 떨어뜨렸던 것을 찾으러 가지 않을래
유리창 밖 손을 내밀어 빗방울을 어루만지던
추억이 바다가 될 때까지 머물러 주지 않을래
끝도 없이 조각이 난 달빛에 머리를 기울이다
약속하지 말자 하는 또 다른 약속을 해 버리고
나는 어느 순간 너의 허무도 모르게 되었다가
잡을 손이 이곳에 있다는 사실만을 믿게 되어
깊어지고, 가라앉고, 변덕스럽게도 외로워져

그러니 조금만 더 있어
아주 잠시만 같이 있어

감정

내가 그랬지
죽은 이에게 살아날 방법을 묻듯이
잠든 연인에게 나를 미워하느냐 물었고
아무 답이 없는 것에 만족하면서
미움을 담보하는 일은
미워하지 않으므로 할 수 있는 것
펜촉이 서서히 마르는 것은
손이 잉크빛으로 물들어 가능한 일
아 이렇게 말하는 것이야말로 지고의 거짓말
누구도 상처 입히지 않으므로
나는 누구에 포함되지 않으므로
좋은,
완벽히 좋은 말을 하자
뭔가 고운 것을
사랑하는 이에게 주자
두 손 가득히 파랑을 쥐고
목을 조르는 일은 어쩌면 좋았지
끝없는 비유와
가뭄 들어 갈라진 입술로써
마구 날조하고

기만하며

나는

기어코 나는 당신의 구원이 될 수 없고

당신 또한 오늘 이후 두 번 다시는

타인을 구원으로 삼지 말라는

내가 그랬지 그런

아니 그런 이야기가

정말로 있었나

사실은 내가 당신의 무엇이어도 기꺼웠겠다는

거푸집 위로 끓는 눈물만 방울방울 흘려 준다면

능히 검으로 방패로 완성될 거였다는

작은 비밀이 비참해서

괴로움에게 밥을 먹이지 않았더니

죽는 것이 아니라 갓난쟁이처럼 엉엉 울어서

그래서 다만 괴로웠고

눈꺼풀 겉과 속에 무서운 꿈이 하나씩 살아서

어디로도

달아날 수 없었네

연인의 곧은 뒷목이 애처롭게 희어질 동안

볼우물이 몇 센티 더 깊어지는

그런 시간이

우리에게 시간이

존재할 때

목마름을 표백하는 짐승의 눈언저리에도
검은 청보랏빛과 오렌지색을 일그러뜨린
이상한 외래종 같은 아침
파르스름하게 망막을 교란하며, 밀려오는
수차례 깜빡거리는 팔레트
꼭 그와 같은 햇볕이 든다
우리 깨어나면
안락한 식사를 하자
미움을 먹어 치우고
방 안에서 자라는 녹색 식물에도
적당한 물을 주자
나지막이 아른아른하는 것
그리고 수시로 함부로 찬란한 것
필요하지 않음에도 필요로 반짝거리는 것
간조와 만조 사이서 유한히 날뛰기 마련인
무례한 것 오만한 것
살아 있는 모든 것에게
온도를 주자
우리에게 사람의 피부가 존재하는 동안에
나는 이 감정을
이렇게밖에 설명할 수 없다

황혼

네가 웃으면 저녁놀은 광기 같았지
어디서 북소리만이 쟁쟁하니 울려
귓전에 심장이 앉은 듯 시끄러웠지

나는 피 묻은 북채를 꽉 말아쥔 채
죽을 때까지 사랑받을 궁리를 했다
아니 저녁노을이 멸망하고 나서도
그 핏빛을 팔아치울 궁리를 했었다
팔고 남은 건 먹어 치울 작정이었다
먹고 남은 것은 그레텔처럼 흘리며
동네 짐승들을 온통 매혹하여 볼까
단풍처럼 입 주위가 울긋불긋해진
가여운 몸을 끌어안아 볼까 했었다

피우지도 못하는 담배를 물었다가
필터만 짓씹고 눈 밑이 매캐해진다

나는 이제 사치스럽게 아프고 싶어
아주 자욱하게 신경질적이고 싶어

안개비처럼 들쭉날쭉 날카로워지는
내 한숨을 삼키고 섣불리 동정해 줘

네게만 유일할 수 있으므로 가여운
저녁이 붕괴할 때까지 미쳐 있어 줘

영원

내가 너에게 붙이는 이름은 다정함이었다가
여름 정원의 열기였다가 마른 풀포기였다가
사랑한다고 일컫는 순간에는 폭력이 되었다
무릎이 닳아 앉은 밤에 붉은 흙냄새가 난다
너는 손바닥만 한 구근으로 여기 자리했던가
구름이 채 무거워지기도 전에 계절이 저물어
밤비 한 모금 마시지 못하고 져 버리는구나
여문 우울이 푸르러 이제는 완연히 젖었음을

꽃피운 적이 없으니 아직 너의 이름을 모른다
떠나지 않았으므로 나는 너의 실종을 모른다

향기

첨예한 감각으로 쌓은 제국의
손을 휘저으면 장미가 쌓인다
연보랏빛 입술을 달싹이다가
깨무는 순간 새벽이 쏟아진다
굵은 눈송이로 발목을 적시고
허리가 잘록한 향기를 흔든다
무수한 싸락별을 빚고 포개어
밤하늘에 녹아든 성벽을 보라
성내어 진격하는 파도와 비는
연약한 종루를 무너뜨리나니
메아리의 영혼은 잘게 흩어져
바닷가의 모래알이 되었구나
늙은 고래 뭍으로 떠내려오면
종일 그 주위를 감싸고 춤추다
아픈 상처를 꼭 부둥켜안고서
흐늑흐늑 운다 흰 고래는 이제
보드라운 별의 냄새를 맡는다

연

등나무인지 버들인지 모를 것을 생각하다 목이 졸리는 꿈을 꿨어

목둘레를 만져 보지는 않았다 잘려져 있을까 두려웠기 때문에

오늘은
늙은 바람을 엮어 연을 날리는 밤

마음이 자꾸 늘어나 되감지 못하는 오전
늦게 잠드는 것은 일상이 되었고
무고한 내 베개는 나쁜 물만 들었다
어서 사과해
못된 꿈만 꾸어서 미안해
큰 소리로 사과해
미안해, 미안해, 미안해 정말

너는 곧잘 오래된 옷장처럼 웃었다
가장 저어하는 건 입 밖에 낼 수 없어
없었으므로 그것은 식도 인근에 차분히 쌓여 갔다
내 어깨를 베고 목을 가르면 온갖 덥고 습하고 미운

말이 튀어나올 테니

너는 그것으로 수십 년을 배불리 먹고살 테니

그때까지는 날 미워하지 마 정말이지 너를 좋아해, 언젠가

나를 통째로 삼키고 포도 씨를 뱉듯 붉은 것만 버려도

좋아 혹은 붉은 마음만 취하고 설익은 농담은 버려도 좋아

꼭 나를 버리지 않아도 좋아

나는 그렇게 말하고 싶었다

전부 말해 버리는 꿈도 꾸었느냐고?

아주 옛날에는, 전부 말해 버리는 꿈도 꾸었다

나는 해변에 서서 모래바람을 들이마시고 있었다

너는 태양빛 내리쬐는 보랏빛 선베드에 앉아

있다가 저녁이 되자 바다로 갔다

질질 끌리는 발자국

밟힌 자국은 에메랄드와 같은 색깔

불온한 광채를 발하는 뒷모습을 보며 울컥울컥

말을 게웠다

가라앉는 네 인영을 보며 혼절할 것처럼 어깻숨을

쉬었다

고막이 울렁거리고 창자가 짓눌렸다

곤경에 처한 나는 까끌까끌하게 악을 썼다 다 말할

거야, 하나도 남김없이 말할 거야

그렇게 하고 싶으면 그렇게 해

상처 입히는 걸 좋아해?

아니면 상처 입는 걸 좋아해? 나- 나, 나는, 나- 나는 있잖아 십일월의 비를 좋아해, 아니 구월의 마지막 날을 좋아해 삼월에 내리는 눈을 좋아해 바람 부는 오늘 새벽을 좋아해

물거품처럼 하얗게 끓는 시

몽글몽글 부드러웠다가 굳어 버리는 것들이
물소나기, 파랑, 메밀꽃 이는 바다의
어여쁜 이름을 가진다면
목구멍을 태우고 폐를 채우는 것은
유리 조각처럼 뾰족뾰족한 빙하기
소화하지 못해, 생김새가 미운 이야기들만
접시 위에
가지런히 누웠네

탐식은 더도 덜도 말고 뱃속으로 가는 길
그간 집어삼킨 것들이 정말 나를 이루었다면
지금쯤 네가 볼 수 없을 정도로
조그마해져 있을 텐데
'나를 마셔요'

'나를 먹어요'
쫑알쫑알 떠들다가
밟히기 수월한 크기가 되어서

꿈은 어디서 시작해서 어디서 끝날까?
받침대를 걷어차이면 능히 끝날 것이 꿈이다
발밑이 무너져도 날 찾으러 올 거지?
뭐라도 찾길 바란다면 좀 더 글을 간결히 쓰도록 해

뭐가 슬펐느냐고 하면 아주 여러 가지가 슬펐는데
예컨대 골목 어귀에서 몰래 기지개를 켜던 고양이
개화하는 연꽃처럼 펴지는 작은 발
빗물과 석유가 고인 웅덩이
그런 것
너는 언제 어디서나 길짐승을 잘 찾아냈고 저기,
저기 있어요 가리키는 손가락을 따라 한 치 앞 분간하기 힘든 암흑 속에서도
먼지 같은 고양이가 슬몃 기어 나왔다
그 앤 정말이지 포르르 달려갔다
손을 대면 안 된대
쓰다듬으면 사람 냄새가 밸 거랬어
우리는 서로에게 안전하지 않고
사실 그리 달갑지도 않은 타종

그저 이만큼, 이만큼 거리를 유지하자구
공기를 핥고서 획 돌아 사라지는 꼬리는 늘 짧았다
짤막한 꼬리만 보면 마음이 이상했다

이상한 것이라 하면, 또 여러 가지 이상했지만
살아가는 데는 아무래도 상관없었다

학교 여기저기 숨은 호수를 다 찾으면 소원이 이루어진다는 시시한 미신
여름날 커다란 얼음으로 주조하는 하이볼
화성과 보름달이 나란히 뜬 밤에는, 곁에 앉은 사람의 뺨도
살어둠 속에서는 조금 붉었다고
혼자 생각했다

있지 이런 이야기가 있었잖아
달이 제 모양을 바꾸는 것은 어떤 짐승이 제 이빨을 달에 박아서라고
하얀 달이 탐나 삼키려 했더니 소름 끼치도록 차가워서, 베물었다가는 깜짝 놀라 물러나 버려서, 그러고도 포기하지 못해서
그래서 보름달이, 하현달이, 그믐달이
다시 다시 다시 다시……

검측스러운 짐승이 입을 벌린다
남은 부분을 먹어 치우자 그믐달은 삭이 되었다
꿈은 매번 그렇게 끝났다
내 앉은 자리를 걷어차면서
매번 그렇게

긴 한낮에 지쳐 사람들이 잠든 밤이면
네 갈비뼈에 손을 얹고
무언가 평평하게 뛰는 소리를 듣는다

오늘은
유독 서늘한 칠월

있지 그곳에는
불가해한 리듬을 그리며 위로 가분가분 부풀었다
아래로 꺼지는 살갗, 활개 치는 애틋함, 서리한 뼈의 감촉
그리고 손바닥 밑장을 빗거스리는
고약한 질서가 있다

그러니 죽음이야말로 결코 미화해서는 안 되는 것
미학이 침범할 여지조차 없는 거라고
손목으로 돌아온 손바닥은 이야기했다
가난을 모르는 손만이 그것을

빼앗고 그것으로 단장하듯이

등나무였을까
혹은 버들이었을까, 내 연인
진액을 공유하는 건 기억을 공유하는 거라고 했어
아름답지 않아도 최소한 공평한 것
수천 개의 물줄기로 나뉘어도 같은 뿌리

잘 들리지는 않았지만 네 질서가 나를 사랑한다고
했다
입을 비집고 나오는 것이라고는 대충 그따위
언사들

부디
얇은 손바닥 밑장에서부터 심장에 이르기까지
따듯한 것들로 이루어진 벽을 남겨 두자
어느 정도가 적정한지는 잘 모르겠어
적정하고 알맞고 분에 넘치지 않은 그런 것은
사실, 이제 잘 모르겠어

행성이 일렬로 늘어선 어느 날에는
입술 위에 생긴 상처를 꿰매며, 늘 새롭게도 붉었다
낮이 버거워 매번 밤을 입었다

단꿈이 입의 혀처럼 굴더라도
그러다 누군가의 손을 영영 놓쳐 어른이 되더라도
내 입은 캄캄했으므로
아무도 구조 요청을 알아듣지 못했네

경계가 모호한 해안선
누구나 어지럼증을 호소하는
눈을 깜빡이면 무너질 것 같은 세계

부표처럼
살금살금 더듬는 말은
쉼표와 마침표를 만나
별자리가 될 거야

간헐적인 생이 오르내렸다

늘어난 연줄 위로 바람이 날았다

악몽

하루 일을 빼곡히 쓰고 내일 할 일을 적고 나면
나는 말수가 없는 평면의 세계에 들어온 듯하다
이 길은 진저리가 날 정도로 교활하고 음험한데
펜은 이다지도 술술 움직인다는 사실이 겁이 나
질게 바른 사창에 구멍을 내고 바깥을 내다보면
곁에 두었던 인식은 밤과 오롯하게 맞닿아 있고
그리움 붉게 흘린 자리마다 기형의 꽃이 자란다
이 길은 끝이 보이지 않을 정도로 멀고 험난한데
바람은 이다지도 함부로 헤부치는 것이 겁이 나
등롱의 심지를 돋우고 사나운 창에서 멀어지면
목줄을 끊은 그림자는 이미 괴물과 맞닿아 있고
어설프게 도망하는 걸음마다 웃음소리가 자란다

조건

서로의 눈을 멀게 함으로써
투견처럼 맹목적이 되었다
때로는 철창 안에 머물렀다
이따금 눈물을 핥아 주었다
손을 들어 뺨을 어루만지고
조용히 말했다 너는 아직도
이렇게나 내게 부드럽구나

일주일에 두 번 자유로웠다
자정을 치면 돌아가 누웠다
때로는 그리움으로 목이 타
이따금 껙껙대는 소릴 냈다
심장을 열어 시를 짓이기고
조용히 울었다 너는 아직도
이렇게나 내게 아름답구나

마음

우는 날이 잦아졌습니다

울음을 배척하는 일은 더 잦아졌습니다
당신의 가장 어려운 이야기가 되고 싶어
저는 한때 가장 쉬운 사람인 척을 했지요
석양이 아파하는 비탈길을 내질러 오며
사뭇 넘어지려 비척거렸던 것 같습니다
영악한 생각으로 자갈돌만 죽였습니다

구름이 만들어지는 저녁이면 꼭 외로워
생기다 만 몸 구석구석을 돌아보았지요
아무 이유도 없다는 것이 이유였습니까
분절된 꽃대에서도 맑은 피가 흐르는데
멈추어진 고백이 피 흘리지 못할 까닭은
무엇입니까 파르르 숨을 몰아쉬는 일에

또는 숨 멎는 일에 무슨 죄가 있습니까

작열하는 여름 장마보다 더욱 서러웁게
붉어지는 것은 바야흐로 자랑이 될 테요

과도하게 붉어 오히려 푸른 말이 있다면
당신 몫으로 다발을 엮고 가시를 자르며
가슴께에 들이쳐 서걱거리는 문장 몇 개
그것을 살해한 동기를 남겨 놓았습니다

기어이 숨을 쉬어 마음을 따라오게 하는
이 행위는 저를 배신하는 것이 아닌가요

모르시지요, 무기력한 시선의 모서리로
병증 같은 악몽이 침대 어귀에 앉아 있고
당연한 순서처럼 여름비가 창을 적시고
어떤 일은 잦아지고 더 잦아진 일이 있고
잦아져도 잦아들지 않는 마음이 있음을

모르시지요, 당신에게 무엇이 되고 싶어
저는 그 무엇도 아닌 시늉을 한 것인데

이젠 정말 그 무엇도 아니어야겠습니다
시일이 지난 생각을 손바닥에 말아 쥐고
완성하지 못하는 것만이 미안한 일입니다

함부로

손을 스치기라도 하면 파란 물이 들까 봐요
어쩌면 사무치게 외로운 사람이라도 된 듯
당신의 온기를 뚝 떼어 가지고 싶을까 봐요
하얀 초승달 아로새긴 손톱부터 손바닥까지
넌출로 뿌리내리듯 당신의 손목에 내가 얽혀
연하고도 무른 것이 화석처럼 단단해질까 봐

그래서 싫다는, 그런 말을 할 수는 없잖아요

완전한

네게 만족스러울 만한 것을 빚기 위해 앞으로 몇백 번
저 아래로 몸을 던져야 할까 붉은 흠집 조밀한 이 살갗
가칫한 손등을 어루만지기는커녕 너는 대수롭지 않게
노획물을 빼앗고서 다시 야멸치게 등을 밀어버릴 테다
너는 내가 젖은 몸으로 건져 올린 익사체를 사랑하고
부패하기 직전의 흐물흐물 올크러지는 비늘을 탐내고
짧은 입맞춤에 목을 매는 가련한 혓바닥을 당긴 채로
어김없이 나를 밀어 떨어트리며 속살댄다 우리, 자꾸
이렇게 칼날과 바람과 서걱거리는 비창에 익숙해지자
경쾌하고도 음침하게 두들기는 것, 불시에 들뜨는 것
절망과 배반과 검고 독한 것, 매번 동일하게 위태로운
이 모든 장난을 부스러지는 뼛골에 새겨 두자 그러면
언젠가는 네 어깻죽지에도 날개 비슷한 것이 쑥 돋아
너를 멀리멀리 데려갈지도 모르잖아 어쩌면 그것만이
널 구제할 마지막 수단일 수도, 그러니 이번에는 제발
최선을 다해 봐 기회를 잡아 보라니까……가쁜 숨결과
배릿한 웃음 뒤에 숨은 너는 어쩌면 나만큼 미련해서
나는 밑바닥조차 없는 이 억겁의 추락에 길들었을 뿐
결코 나는 법을 학습하지 못했음을 모르지 어쩌면 넌
나보다도 어리석어 어느 생경한 깃털이 등에 돋친대도

훨훨 날아 다시 여기로, 네 손에 떠밀려 나동그라지는
이곳으로 영원히 돌아오리라는 사실을 까맣게 모르지

일상

주인은 내달에 책방 문을 닫으리라 했다.

병 때문인가요, 묻자 고개를 끄덕였다. 젊은 주인의 늙은 병은 우리가 알고 지내기 한참 전부터 그의 몸속에 있었던 것이다. 나는 본디 그의 책방이 변변한 손도 없이 조약돌처럼 잘 굴러가는 것을 신기하게 여겼던지라 별말 얹지 않았다. 정확히는 무슨 말을 해야 할지 몰랐던 탓이다.

편지를 쓸 때는 꼭 말미에 건강을 비는 문구를 적는다. 흔한 양식이지만 하도 지겹게 반복하다 보니 왜 매번 그러냐고 하는 사람들이 있었다. 조금 뜬금없는 것처럼 느껴진다면서, 이상하다고 웃고는 했다. 나더러 어디 불편하느냐고 묻는 사려 깊은 목소리도 있었다. 네 번째 기도企圖에서 돌아온 날은 아주 한가한 평일이었다. 아무도 안녕을 바라지 않은 것치고 나는 아픈 구석이 없었다. 고통보다 수치심이 먼저 사라진다면 그것 또한 나의 병이 될까.

책방 이야기가 있고 난 후 주인과는 저녁을 같이했고, 나는 그를 근방에서 가장 조용하고 좋은 술집으로 데려갔다. 모든 꼴사나운 짓에도 처음이 있구나 깨달은 것은 자리가 파하기 전 내가 울었기 때문이고,

내가 운 까닭은 명확하지 않다. 볼품사나운 모양을 실컷 구경한 그는, 내가 썼던 글과 꼭 같다며 마냥 웃기만 했다. 술을 부었더니 눈으로 흘리는 게 이런 거구나. 그런 위로는 생전 들은 적이 없었고, 위로 아닌 말이라 해도 마찬가지였다. 다음 안주가 나올 즈음에는 눈물이 그쳤다.

초여름 초록이 깔린 길을 흔들흔들 에두르던 그 밤 이후 우리는 정신없이 바빠졌으므로 이튿날 몰려온 두통도 별 소용을 갖지 못했다. 나는 이곳저곳을 쏘다니거나 한곳에 처박혀 있었고, 공부하지 않을 때는 일했고, 자그마한 것들을 몇 가지 만들었고, 소중한 사람의 생일 선물을 골랐고, 내내 밤잠을 설쳤으며, 일주일에 스무 잔은 족히 커피를 마셨고, 책방에는 조금 더 자주 갔다. 그는 비 오는 여름밤이면 꼭 턴테이블에 조니 캐시나 피제이 하비를 올리고 SF 소설만 끝없이 낭독하곤 했다. 정말 축축 처지네요. 그렇지? 한데 왜 뿌듯해하세요? 청록빛으로 초근한 창밖을 바라보며 바삭하게 종이를 넘기는 일도 나쁘지 않았다. 장마철이 오면 곧 저기 꽂힌 책장들이 전부 물결처럼 일렁일렁하겠지……. 내 말을 들은 그는 불현듯 기겁했다. 그거 그렇게 낭만적이지 않아. 낭만적이라고는 하지 않았어요. 일렁이기 시작하는 책장, 환상 문학 도입부 같지 않아요? 아니, 그냥 슬플 뿐인걸. 슬프다니? 지금이야 그럭저럭 견딜 만하겠지, 하지만 여름이 지나치게 미화됐다는 걸 모르는 사람은 없을 거야.

나는 그 미화를 좋아하는 사람으로서 잠시 입을 다물고, 유리잔 겉에 맺힌 물방울을 닦아 냈다.

이름난 제과점에서 샀다는 레몬 파운드를 같이 먹으며 주인은 크리스마스가 오면 단골들과 작은 파티를 열 계획이라고 말했다. 아, 잠깐 할 말을 못 찾았다. 촘촘히 조직되어 있다가도 무력하게 부서지는 혀끝의 맛. 입술을 핥지 않고선 벗길 수 없는 단맛. 지금은 여름인데, 크리스마스는 아직 멀었는데, 연말은 쓸쓸해서 별로 헤아리고 싶지 않은데. 불가능한 것을 바라고 아쉬워하는 나보다야 그가 훨씬 단단한 인간이라 생각했다. 원래부터 여위었던 손등이 어쩐지 이제 포크와 닮아 보일 만큼 강팔라서 한참 유심히 들여다보다가, 고양이는 잘 지내나요, 겨우 그렇게밖에 말할 수 없었다. 그는 꿀단지라는 이름의 노란 고양이를 기른다. 두 살 먹은 작은 동물은 주인을 닮아 얌전하고 곁을 잘 주지 않았다.

버스든 지하철이든 첫차나 막차를 자주 탄다. 새벽에 깨고 새벽에 잠드는 일이 잦다. 예전에 수시로 들르던 기차역에는 피아노가 한 대 놓여 있어, 오가는 사람마다 자유롭게 앉아 연주하고는 했었다. 서너 계절이 지날 동안 그 느슨한 음악을 들으며, 무거운 가방을 멘 채 걸으며 곁에 있는 사람들을 생각했다. 때로는 지나칠 정도로 많은 사람들을 생각했다. 즐거운 순간은 매번 발목만 어루만지다 쏙 숨어 버렸지만 일상은 무던히 흘렀다. 폭신한 밤이 너무 오래 지속된다는 느낌이 들 때에도, 이 안전에 구태여 위태로움을 더하지 않기로 했다. 평일을 건너 주말로 갔고, 편지 말미에는 언제나 지겨운 염려를 적었다. 맞물린 품이 안온했기에 다른 것들은 많이도 잊어버렸다. 좋은 것들은 반드시 떠나고 말았으나 나는 그 어디서도 돌아오지 않았다.

8월

팔월

흔적도 없이 허물어진 다음에야
여름의 본을 뜨고
석고를 굳혀
모양을 어림하겠어요
그때는 이 계절에 관을 씌우는
우를 범하지 않도록 해요

생활이라는 것은
안쓰러운 물꽃 같고
살짝 설익은 달걀 같은
말인즉 지껄이는 대로 바삭거리는
입술 위에 검지를 대고도 거치적거리는
오욕과 수사의 지옥

이상해요
등대 빛조차 파도 위에 떠
남실남실
뭍으로 되돌아오는 것 같습니다

순간은 왜 영원히 순간이 아니죠
어째서 갈비뼈 안에 숨을 가두고서도
한 모금 붙잡을 수가 없나요?
됐으니까
싹 터져 버리면 좋겠어
내가 아닌 것들은
내 속에서 꺼져 버리면 좋겠어

진물이 배어나도록
옆머리를 세게 누르고
내내 삐걱거리는 삶
언제 추락할지 모르는
추락을 미화하는 손가락의 쾌락에 달린
그넷줄을 잡고
말인즉 팔월의 목을 연인처럼 껴안고
마음을 하예처럼 무릎 꿇리고서

너에게
금과 은과 보석으로 만든 관을 씌울게
맹세코 아름다움과 아무 접점 없는
그럼에도 아름다운 것들을 바칠게
너를 둥글게 둘러싸고 환희로 송가를 부르며
잔인한 밤들이 나가떨어질 때까지 춤출게

젖은 파도가
젖은 빛을 데려가는 곳까지
너를 가로막는 모든 것을 공평히 죽일게

너는

어찌 보면 안쓰럽고
다시 바라보면 설익은 묘사로만
머리맡에 거하는 낙원

하지만 이 모든 일이
얼마나 쉬운지 모르지

너는 사람의 끌밋한 솜씨라면 뭐든 사랑하고
밤마다 들리는 노래가 못 견디게 재미있지

허상을 사랑하기 쉬운 것이야말로
아주 못되고도 못된 일

부디 나를 보고 웃지 마
우리 서로 입꼬리가 닮아
하나도 좋을 게 없잖아

저녁

가느다란 창문 아래에서
저녁이 사람을 위협한다
이빨이 헐고 손끝이 뭉개진 파도
이제
지긋지긋합니다
그렇게 붉은 낙조로 지지 않았으면 좋겠습니다
시작하자마자 끝나 버린다면
누구든 즐겁지 않겠어요?
마음이 몹시
산란하고도 아파

네가 나의 칼이라면
휘두를 때 진작 알았을 텐데
네가 결코 빗나가지 않는 이유를

나는 질병과 마찬가지로 욕치레와 수고가 많았다
웃고 손 흔드는 법만 지겹게 익혔다
해묵은 서정 앞에서는 쉬이 갈피를 못 잡았다
불면은 이러나저러나 도움 안 되는 일
아침이면 나는 꼭, 벌컥 화를 내고 싶어져서

토스트 접시 위로 달걀노른자처럼
줄줄, 흘러내리고 싶어져서
생일에 심은 나무보다 더 생장하지 못한 것이
저어, 저의 잘못은 아니잖아요
나무보다 향기롭지 못한 것도
덩굴 벋거나 과실 떨어트릴 일이 없는 것도
아, 전부 제 죄과임에 틀림없어요
하지만 도끼로 죽일 수 있다는 점은 똑같아요
그러니, 그러니 저를 데려가 주시겠어요?

툭툭, 떨어지는
홍옥 몇 알이 그지없이 사람을 홀린다
너는 위선적인 개자식이야
너는 뱉다 만 욕설보다 못한 존재야
앞치마에 하나씩 주워 담아 잼을 끓였다
가끔 무언가 걸리적거려도 미워하지 마
두 손이 와플 기계에 들어갔다 나온 것처럼 납작해져서
무엇이 옳고 그른지
잘 골라낼 수가 없어
나도 네 창문 아래서 남실대는
저 늙고 무력한 파도와 다를 바 없어

석류색으로 덧바른 달콤함은 곧 버석하게 굳어

아침이면
베개에서는 향냄새만 났다

마음이 몹시
산란하고도 아파
혼자 남은 저 나무를
너는 가엾게 여기지 않아도 좋아
네가 나의 무엇이기라도 했다면
일찍이 나를 끝내 주었을 것이다

활강하는 낙조의 끄트머리에서
저녁이 사람을 위협한다
내가 너를 먹어 버린다고 했지
뱃속은 춥지 않겠죠?
아가리 벌린 파고 앞에서
나는 갈피를 못 잡았다

4장

손

손 좀 빌려줘

너는 삽을 빌리듯이 손을 빌려 가는 사람
내 오른손과 제 오른손을 겹쳐 머리 아래 괴고는
아주 길고 포근한 잠을 청하지
얼마 지나지 않아 오른손들이 머리맡에서
오르락내리락한다
얼마 지나지 않아 리듬이 상이한 맥박들이
엇박으로 드나든다

얼마 지나지 않아 오른손들은 네 꿈의 일부까지
엿볼 것이다 (얼마 지나지 않아 꿈을 염탐한 오른손 한
짝은 커다란 비밀을 알게 되고 비밀이 품은 비밀스러운
은밀함에 온통 환희하게 되고 다른 오른손에게 비밀을
꼭꼭 숨기고 숨기다 못해 아플 정도로 손모가지가
뻐근하게 되고 어쩔 줄 모르게 되고 어쩔 줄 모르다 병을
앓게 되고 비틀비틀 아름다워지고 시름시름 황홀해지고
죽을 정도로 황홀해진 관절을 스스로 부러뜨리게 되고
부러진 손에서는 물빛처럼 맑고 파란 것이 피처럼
흐를진대 그것을 목도한 다른 오른손은 제게도 똑같은

갈증이 흐름을 두려워하게 되고)

얼마 지나지 않아 오른손들은 네 우주의 일부가 될
것이다
어쩌면 너는 아주 작은 손가락으로 빚은
우주일지도 몰라

잠든 손들이

얌전히 숨을 몰아쉬고
내쉬고 있다

무의미

아무래도 정신 차릴 생각이 없어서, 너는
우유를 죽였더니 무지개 맛이 난다 하고
손바닥 위에서 빛이 퍼드덕거렸다 하고
은유를 교살한 다음 목놓아 울었다 하고
어린애 꿈을 엮어 베갯속을 채웠다 하고
어른의 혀를 잘라 석양을 만들었다 하지

그래서 저 붉음은 먹장 갈아 부은 듯하고
그래서 붉음은 종종 그 눈썹을 찡그리는가

아무래도 영영 자라날 마음이 없기에, 너는
감히 잔악하게도 누군가를 믿는다 말하고
걸핏하면 심장에서부터 눈물을 떨어트리지
지나치게 공글려진 마음을 가진 사람처럼
하여 지나치게 마음을 절약하는 사람처럼
어느샌가 입을 벌려도 우리는 말이 없구나

네 이야기는 창백한 거울 아래 갇혀 있어
나는 표면을 쓰다듬을 뿐, 구원하지 않는다

권태

안녕, 내 사랑
몹시도 무료한 나날이었어
나는 수천의 손가락에 관한 공상
때로는 그저 살아 있음을 확인하고자
살며시 면도칼을 쥐고 동맥도 열어 봤지
똑똑, 안녕하시었나요, 거기 잘 계신가요
나는 포도주스를 꽃잎처럼 쏟는 사람
날렵하게 총구를 겨누곤 읊조리지
아무것도 걱정하지 마, 내 사랑
나는 무사히 숨 쉬고 있어
한 점의 소음도 없이

국경

저들은 이제야 미상의 국경을 숭배하지
옅어지는 총성에 연신 대가리를 찧으며
비탄이 한숨을 불어 어깨를 들썩거려도
오솔길에 종말을 숨겼노라 믿을 것이다

썩은 심장이 수천 송이쯤 개화하는 계절
메아리가 주인을 찾다 미아가 되는 저녁
헤맬 이 없어도 미로는 계속 울창해지고
거짓이 죽어도 거짓말쟁이는 자라는구나

아침은 이미 심란했지, 하루도 빠짐없이
끝을 예측하듯 먹구름이 수시로 울었다
안개가 척추를 누를 만치 빼곡해질 무렵
작은 짐승들은 참지 못하고 자주 울었다

피 냄새, 나라 위에 더한 운명은 없었지
말장난처럼 매양 웃고 떠들다 갈 테냐?
더러운 우편물 썩은 입에 쑤셔 넣어져선
꼬인 혓바닥에 걸려 콰당 넘어질 테냐?

그러므로 여기 억울한 놈이란 잠든 놈,
꿈이란 예로부터 빌어먹게 부질없어도
현실은 오롯한 것, 남은 일이 깜깜해도
눈썹만 얇게 찡긋하면 있어 보이는 법

절름발이 나귀에게도 먹을 세월이 있고
늙은 등에서도 젊은이가 미끄러지는 법
죽은 별만이 아슬하게 허공에 매여 있는
이곳 오래된 국경을 우리는 밟고 있으니

아무래도 다시금 먹구름이 들 모양이다
우리는 또 발목부터 어두워질 모양이다
이 밤이 꽁무니를 말며 도망칠 때까지는
잠자코 주저앉아서 적요하게 울 일이다

잠들기 전에

불행히도 당신이 매일 죄책감에 못 이겨 뒤척뒤척할 것 같지는 않습니다 밤마다 지독히 아래로 떨어지는 것은 저 혼자뿐입니다 정말 이상해요, 이젠 이야기를 나눈다 해도 달라질 것이 별반 없다는 생각이 듭니다 당신은 세월없이 존경받는 어른으로 머무르면 되었던 것인데, 아무것도 하지 않아도 그저 제가 알아서 가끔 추억하고 찾아가 안녕하시었나요, 그간 잘 지내셨나요 별것 아닌 안부 두 마디만 하면 끝이었는데, 왜일까요 왜였을까요, 부질없는 질문만 활개를 치며 허공으로 날아오르는 밤입니다 불신과 불의와 불안으로 점철한 어지럽기 그지없는 밤입니다 그 누구의 안부도 묻고 싶지 않은 것은, 이제는 그 누구도 제 상실에 관하여 나불거릴 수 없게 되었기 때문일까요, 어쩌면 당신은 마지막으로 제게 환멸을 가르친 것일까요? 그 생각을 하면 과연 모든 것이 미워지곤 합니다 날붙이를 들고 당신의 집으로 찾아가 죄다 도륙을 낼까 하는 계획이 생겨났다가, 잠잠해졌다가, 너무 우스워졌다가, 다시 타올랐다가 이윽고 침잠하는 일을 반복하고 있습니다 전 이제 혼자 되었다는 것이 어떤 일인지 조금이나마 알 것 같습니다 산 희망을 품었던 그 추운 계절 이제

모든 혼잣말이 어리석은 넋두리에 불과합니다 당신은
이런 것을 깜깜 모르고 살 것인데 저는 제 몫이 아닌
슬픔으로도 괴로워야 한다는 사실을 생각하면, 그저
누구의 등이라도 힘껏 끌어안고 싶어지고는 합니다

절망

이런 밤에는

가슴속에서 소란히 덜거덕대는 것이
마음이 아니라 수레바퀴 같았습니다

갈비뼈를 헤치고 살점을 쑤석거리면
핏물 범벅 톱니들만 쏟아질 것 같아
봉분을 고르듯 명치께를 도닥거리며
발견되지 않기를 바란 것이 여러 밤
그런 헛된 기대가 여러 날이었습니다

째깍하는 소리가 아가리를 허물 때
비로소 시간이 달리기 시작하리라는
예언을 나는 미리 들었기 때문이지요

심장은 모진 말을 꽂는 순간 곱아들고
무화과 속처럼 기이한 꼴로 부패하여
곧 비대한 과실이 들어차리라는 것을
그 맛이 달콤하다는 것을 알아서지요

아주 조금만 당신을 베물어도 될까요
입안에 실패가 머무르는 게 좋아서요
접시는 짓무르고 식탁은 무너지는데
고단한 목구멍은 삼키지를 못해서요

짓씹어 소화하지 못하는 질병이야말로
날 탐내는 이유가 아닌가요 아, 껍질이
투명해지면 좋을 텐데 기겁해 달아날
뒷모습을 보는 일도 어쩌면 기쁠 텐데

왜냐면 변해 버릴 것이 겁나기 때문에
왜냐면 나는 자꾸만 덧나기 때문에요

송곳니가 돌출하고 혀끝이 갈라지는 것
마음이 끊이지 않아 마음이 비는 것도
한숨이 젖고 몸이 매캐해지는 것 전부

책갈피는 책에 속할 수가 없기 때문에
나는 스스로 먹은 것의 주인이 아니고
그것의 부속물조차 되지 못한다는 생각

그럼에도 얌전한 손으로 포크를 놀리고
하얗게 빈 종이 위로 서툴게 휘뚝거리고
살아 숨 쉬는 행성에 죽은 몸을 겹치며
당신을 좋아한다고 말하기 때문이지요

이런 밤에는

가슴을 죄 꼬집어도 잡히는 소음이 없어
수레바퀴조차 굴러떨어진 듯하였습니다

대문을 노려보는 마음이 괴물처럼 끓어
나는 출구 없는 눈초리와도 같았습니다

희망

원한다면 모른 척해 줄게, 소용없는 일이지만
널 위해서라고 할게 우리는 만난 적도 없지만
젖은 맨발로 달리고 찔리고 흘려서 찾아간 곳
열사에 죽고 냉해에 고쳐 죽어 도달한 자리에
너를 만족시킬 빛 없어도 난 모르는 일이지만
말없이 대답해 줄게 여정은 끝나지 않았다고
까막별 쏟아지는 밤하늘 허청거리는 두 발이
고운 백모래로 부서질 때까지는 곁에 있을게
구슬 같던 눈동자 숨이 푸른 소년이었던 네가
결국 나를 믿지 않게 될 때까지 머물러 있을게

지친 밤이 저물고 사막 너머로 별이 떨어지면
갈라진 혀끝을 내밀어 네 몸집을 가늠해 볼까
무수히 상처 입어 애처로운 네 목을 만져 볼까
일어설 수 없다면 이제 가장 달콤한 잠을 줄게
듣지 못한다 해도 자장가는 마저 부르고 갈게

밤 열한 시

집 나간 불빛들이 돌아온다
탕아처럼 발을 질질 끌면서
수줍은 손으로 두들기겠지
똑똑, 어머니, 제가 왔어요
아버지는 오늘밤 죽었나요

기차가 철로를 마멸시키듯
바람은 귓바퀴를 깎아 먹지
나는 너에게 붉어질 것이다
무더위에 뺨이 달아오른 척
무참히 고결히 아름다운 척

어른의 껍데기로 화장을 한
너는 아주 사납게 웃어 주렴
나는 좀 가냘프게 울어 볼까
어설픈 낭만주의자라도 되어
부디 내 손에 끝나 달라 할까

보름달이 하얗게 얼어 넘칠 때
너는 반드시 불시에 들이닥쳐

불시에 퍽 무정하게 떠나 주어
증명하지 못할, 감당치도 못할
여전히 나는 웃고 있지 않으냐

유일한 연인에게

여기서 살아가자, 나와 같이
이 삶은 더 참혹해질 것이다

슬픔

욕망은 이미 다 써 버렸다
여우비 틈새로 내린 빛에
네 이름을 다 내어주었다

길을 잃어버리려 걸었다
삶은 자꾸만 남루해지고
무릎은 검은 꽃만 맺었다

퍽 오래도록 살아 있었다
스스로를 향해 겨누었던
찬란한 죄를 핥아 먹었다

이제는 너를 그만두었다
어느 아스라한 옛날에서
살아서 적막한 이 밤까지

아무것도 머물지 않았다
나를 버리고 간 옛날에서
살아남아 죽은 이 밤까지

죄

이런 생각이 죄가 될까
묻는 건 대부분 죄였다

규격을 사랑하던 나날
정방형 아픔을 매만지며
삶은 이만하면 실패라고 속닥거리며
수십 년째 지연되는 열차를 기다리던 나날
나는 꿈도 네모지게 세모지게 꾸었고
둥글고 부들부들한 것은
문턱에도 오지 않았다

태업으로 연명하던 밤
검은 관 위를 흐르던 촛불은
하얀 성호 위로 떠다니던 가벼운 몸들은
춤이었을까
춤을 닮은 몸서리였을까
이파리는 군데군데 그늘이 져도 흉하지 않다고
당신은 중얼거렸다
쉬이 흉해지는 것이 사람의 결점이라면
밤눈이 어두워, 쉬이 길 잃는 것은

달빛의 결점이었지

퐁당 뜨거운 찻물에 빠진 얼굴
달의 뺨은 찻잔 속에서 거울처럼 환하였는데
갓 구운 타르트 냄새가 수르르 자욱해서
톡 치면 웃음이 쏟아졌다
짐짓 숟갈로 저어 월면을 흩뜨리면
모든 것은 찻잔이 꾸는 꿈 같았다

각설탕 대신
붉은 혀 아래로 밀어 누르던 말은
당신을 이것 혹은 저것으로 불러도 될까?
수레국화라든지 수국이라든지
당신 이름 아닌 소리로
당신을 수놓는 일이 폐가 될까?
묻는 건 결단코 폐였다
그렇잖으면
큰 모독이 되었다

무엇 때문에
북촌의 어느 거리를
커피도 없이 거닐었는지
하긴 이국 호텔 현관 어귀에서

신문지 냄새 나는 활자를 탐식했다 말하더라도
마찬가지
지나친 일이 되었으리라
그건 나쁠 것도 좋을 것도 없는
병이라는 말을 듣고야 말았으리라
병 같고 꿈 같은 일을 느슨히 빠져나오면
부서져 거리에 널린 어중간한 마음
사멸한 음가로 작곡한 콘체르토
심장이 터져 죽은 일요일 4시
어느 혁명가가 기르던 고양이

면목 없게도
불민한 사람의 소망을 이루어 주시어
일찍 겨울이 와 버렸군요
수십 년이든 수백 년이든
겨울이 접붙이지 못할 간극은 없습니다
혹한이 묻지 못할 시취도 없겠지요
그곳의 매를 다 잡거든
제 정원으로 와서 사냥하세요
뒤이어 산탄총을 멘 남자가 와
매의 저녁이 되었다
당신은 오지 않았고
나는 오지 않는 당신을 불충하게 기다렸다

포도밭에 까마귀가 열릴 때까지는
웃으며 기다렸으리라

나이프와 포크를 거두어 가는
그림자가 회랑에 드리웠고
낙조는 핏빛 같아서
물든 손가락의 모양이 조금 섬뜩했다
믿음이랄 것은 처음부터 전무했고
그마저도 줄어들었구나
무엇이든
무슨 도움이라도 될 것처럼
낙엽을 쓸고 두엄을 모았으니
마르지도 않은 겨울 우물은 푸르렀고
이파리는 버터처럼 두껍고 기름졌으며*
윤택하던 삶의 사인처럼
초록으로 둘레를 감싸고 있었다

편지 쓰는 마음은 엇나가기 쉽고
목줄을 채워야만 책상 앞에 앉지

바삭한 내음 물씬한 종이를 베고
잿빛 잉크 넘실거리는 억양으로
조금만, 조금만 죄를 짓는다면

당신의

결점투성이 생을 사랑하고 있어

길 잃어 내 찻잔 속에 빠진 당신의

흉하고 흉한 꿈을 기도하고 있어

이렇게 말하는 것도

언젠가는

그러나

* "leaves thick as butter, Fat, greasy life." W. B. Yeats, *Purgatory*. 1938.

끝내다

H에게

이 지랄 같은 두통을 끝장내기 위해 나는 쓴다

내 편지를 받아 보았을까? 누구에게도 해답을 받을 수
없는 질문 하나를 허공으로 띄워 본다 이미 네 주소는
바뀌었으므로 내 편지는 미아가 되었을지 모른다 거기
덧붙인 오이디푸스도 당연히 똑같은 신세가 되었겠지
갈 곳 잃은 오이디푸스라니, 사실 굉장히 잘 들어맞는
구절이긴 하지만 이런 우연에 네가 웃어 줄 것 같지는
않다 이럴 줄 알았다면 오이디푸스 말고 뭔가 기적을
일으킬 것만 같은 시, 환상적인 이야기, 아니 따지고
보면 그런 것은 원래 없었지 마법, 마술, 뜻밖의 행운
뭐라 부르든 수렁에 빠진 손을 단번에 잡아끌 수 있는
것, 처음부터 내가 그런 것을 바라서는 안 되는 거였지

너는 이토록 건방진 내 착각에 응답할 필요가 없구나
가장 기적에 근접한 방식으로 너에게 손 내밀었다고,
아름답지도 우아하지도 않았지만 솔직하니 된 거라고
최소한의 치장도 하지 않은 날것의 손을 내뻗쳤으니

너는 이따위 무례함을 참아 넘길 필요가 없는 것이다

부시도록 밝고 뜨거운 여름이 지나고 저 홍수 속에서
나는 조금 더 추악해졌다 이제는 유유히 계절 밖으로
걸어나가는 것이 아니다, 나는 계절 안에서 볼품없이
흔들리다가 일련의 과정이 끝나고 그가 퉤 뱉어 내는
더러운 세탁물 같은 것이다 몇 번의 탈수를 더 거치면
이 몸은 완전히 색깔을 잃게 될까 바싹 말라 목소리를
내는 것조차 고된 일이 될까, 모를 일이다 푹 젖어서
거리를 떠돌고 영화를 보고 서점에 들른다 실은 이런
엉망인 꼴을 하고 있어도 삶이 지속한다는 것, 이것이
요즈음 제일 끔찍하고 두려운 일이다 어떤 방식으로든
부지하도록 만들어져 있다는 것, 그게 몸뚱이건 말건
배가 주리면 처먹고 졸리면 자고 온몸의 수분이 전부
빠져나가도록 쏟아 냈다가 다시 눈을 뜨는 일 모두가,
이제는 나를 놀리는 것 같다……적고 보니 온통 시시한
안부 인사뿐이구나 '나는 살아 있습니다' 따위의, 그저
관심을 얻고자 벌이는 쇼 그것 이상도 이하도 아닌 말

여하간 나는 살아 있다, 내가 궁금해하지 않아도 좋아

만약 편지를 읽었다면 어떤 표정을 지었을까? 불쾌해 질색하고 싫다 못해 역겨워했을까, 어떤 비난이라도 좋았을 텐데, 그럼 그걸 알면서도 편지를 보냈느냐고 묻는다면 어깨를 으쓱할 수밖에 '난 원래 이렇게 나만 생각하는 사람인걸' 따귀를 얻어맞기 딱 좋은 대꾸지 않니? 만에 하나 그럴지 몰라, 정말 어쩌면 이해할지도 모른다고, 나는 다분히 이기적인 가정법에 기대 — '난 원래 새벽 세 시에는 이기적으로 변하는 사람인걸' — 멀거니 천장만 올려다보며 앉아 있다가 어떤 유혹에 휘말렸고, 일단 펜을 든 다음부터는 일체의 망설임도 없이 그저 내가 쓰고 싶은 대로 썼다 휘갈겼다고 해야 정확한 표현이 되겠지 지금 떠올려 보자니 종이에게 얼마나 몹쓸 짓을 했는지 실감이 난다, 그래도 글씨는 꽤 훌륭했던 것 같은데……자아, 어떻게 해야 따귀를 맞을 수 있을까? 이쯤 들었으면 네 고상한 인내심도 동이 나지 않았을까, 내 비록 열렬한 신앙은 없어도 네가 원한다면 나머지 뺨까지 기꺼이 내줄 수 있는데

글을 끝내 놓고 보니 그건 편지라기보다 지독스럽고 허약한 외침에 가까웠다 곱게 접어 봉투에 넣기까진

쉬웠지만 거기 우표를 달기 위해서는 정말이지, 어느 정도는 후안무치가 될 필요가 있었다 무거운 이야기, 동시에 그것은 무례한 이야기였지 우표를 넉 장쯤은 더 붙여야만 그 편지들에도 공평한 일이 되었을 거야

H에게, 저녁 기차는 여전히 흔들리며 가는데 이제는 무엇을 더 적어야 하는지 감이 안 잡힌다 하고 싶은 이야기는 밤하늘 별보다 많은데, 이토록 진부한 표현 수천 수백 개가 내 손에 남았는데, 오늘 아침 보았던 푸르무레한 안개와 코끝을 촉촉이 적시는 비 냄새와 서서히 소리가 느슨해지는 피아노 건반과 그 위에서 어설프게 돌아다니는 내 손가락과 얇은 모슬린 커튼 사이로 부는 바람, 가슴 사이로 부는 바람, 그리움이 찬 얼음처럼 목구멍을 틀어막는 저녁, 그때 찾아오는 악몽에 관하여 아직 절반도 말하지 못했는데, 자꾸만 손이 멈춘다 자꾸만……부질없는 기대를 한다 여기서 무엇이 더 남았을까, 무엇을 더해야 절망이 덜할까?

그런 일은 없겠지, 절대 그런 일이 일어나지는 않아

당연한 얘기지만 이 편지는 부치지 않을 것이다 네가 읽어 주기를 바라지 않는다 네가 우연으로라도 나를 집어 들고 알아보기를 바라지 않는다 어차피 몇 마디 지껄이지 않아 날 전부 들켜 버릴 게 뻔하므로, 속을 투시하듯 물끄러미 쏘아보는 그 눈만 마주쳐도 입이 얼어붙고 말겠지, 나는 앞으로도 이러한 편지들 몇십 통쯤 더 써야 할 테다 완전히 질릴 때까지 쓰고 다시 쓰고, 지우고 찢고 쓰레기통에 처박고 비행기를 접어 날렸다가 다시 달려가서 주워 오고 태우고 빈 종이에 이름 석 자를 적었다가 베개 밑에 넣어 두고 잠 설치는 일을 계속할 것이다 알다시피, 나는 나만 생각하니까 이건 너를 위한 게 아니라 오롯이 나만을 위한 일이다

모쪼록 내일도 살아 있어 주기를

총총

빈자리

날씨가 좋아도 소용없는 것이 아니고 소용없이
날씨가 좋을 뿐 소용돌이치는 석양 아래 소용돌이치는
구름 아래 소용돌이치는 검은 폭포 부질없이 흘려 버리는
걸음

눈도 없고 얼음도 없으니 낡은 구두는 아무것도
깨고 다니지 못한다 뻔뻔스러운 믿음과는 정반대로
우리는 동등한 불행과도 연대할 수가 없다

3년을 다녔던 고등학교 건물은 이제 바로 밑
중학생들의 차지가 됐고 3년을 교정에서 줄곧 맴돌며
야옹야옹 울던 호랑이 무늬 고양이는 아무리 불러도
대답이 없고 3년을 학교 앞 길목에서 책방 하던 아저씨는
이제 같은 자리 편의점에서 계산을 보고 있다 나긋나긋한
목소리를 듣고 화들짝 경기하듯 놀라 앞을 바라보노라니
옆에서 담배 사던 친구는 왜에 하고 묻지만 꿀 먹은 듯
대답이 나오질 않아 나는 이 사람이 누구인지도 정확히
모르고 참고서를 들려 주던 손만 희끄무레 떠오를
뿐이거늘 귀에 익은 목소리는 불가해한 우울을 부르고
돌아오는 길 그가 나보다 훨씬 잘살기를 바라며 버스 타고
집으로 오는 길 이마가 진녹색 숲처럼 덜컹거린다

연인은 초여름에 머물러 있고 여름에게서 아니

여름에서 가까스로 빠져나온 내가 연인에게 줄 것은
아무것도 없다 없으므로 날조하지 말 것, 어둠은 따뜻하고
고요한 터널이다 나는 미끄러져 들어가며 훌쩍훌쩍
흐느껴 운다 내가 제일로 무서워하는 건 나를 바라보는
어린 나의 눈초리, 그런 악몽, 하얗게 눈을 뜨고 주먹을
하얗게 쥐고 하얀 이빨을 죄다 깨부숴 놓을 기세로 날
쏘아볼 3년 전 내지는 5년 전 10년 전 20년 전 갓난아이의
지나치게 작은 발톱과 작아도 너무 작은 손톱과 핏줄과
무질서한 세포를 들여다보며 내가 느낄 공포와 나를
보며 만개할 그 아이의 공포, 말랑말랑한 두개골과 낮은
머리통과 누르면 파삭 부서질 것 같은 입술에서 숨에서
전해지는 공포, 연약한 것에서 단단한 것으로 변태하는
공포, 언젠가 어느 날엔가는 반드시 처참히 부서지리라는
공포 강보 아래로 손을 넣어 아무리 어르고 안아 주어도
나는 울음을 달랠 수 없다 아기는 언제나 단호하고 언제나
결사적으로 울었으므로 죽일 듯이 싫고 미웠으므로

내가 사는 곳은 길고양이가 치이도록 많은 동네
그러나 누구의 발등에도 치여서는 안 되는 동네
버스에서 탈출한 장난은 편의점에 들러 물을 산다
갈증을 채운 장난은 연인이 보고 싶다 보고 싶어, 새카만
고수머리 앞발로 마구 쓰다듬고 싶어 마음대로 만지고
싶어 너는 내가 이렇게 말하면 또 울겠지 아가리에 술을
부으면 눈으로 흘리겠지 원래 모로 부어도 그쪽으로

짜내면 눈물이 된단다, 그리곤 한껏 억양을 가다듬어 날
사랑한다구 말해 주어 다정스럽게 헛소리를 하다 잠들어
주어 어느 밤에는 단어를 천 개쯤 삼키다가 목이 메어
한참을 게웠다 어느 낮에는 거짓말로 시침질한 이불을
따갑게 덮고 잤다 연인은 습한 초여름에 감금되어 있고
나는 시종 건조한 바람에 스스로 살을 에고 있으니
여기 쓰러져 뒈진다면 너는 아주 훗날이 되어야지 나를
발견하겠지 쓰다 만 글줄 쪼가리 바짝 말라붙은 플라스틱
물병 배교적인 낱말과 배신하는 휴일들 번번이 활을
겨누어도 번번이 빗나가고 마는 너의 유서 깊은 야행과
역방향으로만 가는 불안의 철길 붉게 타오르는 나뭇잎
수억 장의 어지러움 그만 여기서 죽어 버렸으면

불가해한 슬픔은 없습니다 어쨌든 슬픔은 기쁨보다
안전한 것이니까요

누구와

그때 깨달았지 우리 모두 짐승의 허물을 뒤집어쓰고
알록달록하게 서로를 칠하기 바빴던 그 계절, 시월의
오한 속에서 흰 어금니를 딱딱 부딪치면서, 오지 않는
기차의 먼 철로를 바라보면서 언젠가 이 길이 먼지로
덮이고 그 위에 흰 눈이 내리쌓일 것을 예감했던 순간
나는 알았지 당신이 아니라 다른 누구와 기차를 탄다
해도 삶은 언제나 소음 속에 머물 테고 귓전을 떠도는
이명이 사라질 일은 없으리라는 것, 기차역에 버티고
서서 새벽이 날 통과해 가기를 기다리듯이, 앞으로는
매일 먼동이 밝을 적마다 폐 안쪽으로 찬바람만 그득
고였다가 숨을 내쉴 때 장맛비처럼 빠져나가리란 것
그러므로 희망을 품는 일이란 얼마나 괴롭고 우울한
것인지를, 내 말을 기억해 당신 아닌 누구를 안아도
그 온도에 물들 수 없다는 것 외로움이 우릴 견고히
만들 수는 있으나 결코 먹여 살리지는 못한다는 것

안부

바라건대 이 글을 멀리해 주세요.

독감을 앓았습니다. 본디 병이란 것은 사람이 너무 추적추적하게 젖거나 과도하게 메말랐을 때 찾아오는 것이라 믿고 있는 당신의 지론을 따르자면 제 질병은 지나치게 가물었기에 모습을 드러낸 것이었는데, 이토록 우스운 핑계로 안부를 전하지 못한 지도 꽤 오래되었지요. 감기는 누군가에게 옮은 것이 아니요 혼자 자연히 걸린 것이어서 더욱 독살스럽고 매서웠는지 모릅니다. 집어치워, 손이 부은 것도 아니면서 왜 연락 한 통 없었느냐고 질책하신다면 면구스러운 이야기지만 사사로운 일에 몰두하느라 바빴습니다. 쉴 새 없이 나쁜 짓만 골라 하며 여기서 누가 더 말종에 가까운가 시답잖은 내기나 진탕 벌였고 저와 어울린 사람들은 얼마 지나지 않아 독감으로 곤죽이 되었습니다. 아무 의미 없고 재미만 있는 글 몇십만 자 정도를 계속해서 쓰고, 고치고, 몸을 혹사하며 순간에만 몰입한 결과 근래 생활은 더할 나위 없이 피폐하면서도 즐거웠고, 저는 아직 정신을 못 차려서 이것을 자랑스레 씁니다. 부탁이니 '잘 지냈느냐'고 묻지 마세요. 특정 명령어를 입력하면 정해진 대답밖에는 뱉을 수 없는 기계라도 된 양 제게서는 고작해야 싱거운 치레밖에는 얻어 가실 것이 없습니다. 고마운 당신은 그나마 다른 이들보다 처지가 좀 나은 편이지요.

제 오랜 벗은 편지를 받을 때마다 아침 식사용 토스트에 곁들여 읽고 다른 누구는 새벽 두 시 작업용 컴퓨터 앞에서 읽곤 합니다. 찢어발기고 버려도 상관없으니 부디 이 두서없는 글줄을 멀리해 주세요. 그러잖아도 매번 폐기물 비슷한 것을 받아 보시는 손에 영 불결한 병을 옮길까 걱정스러워 실은 더 적고 싶지 않습니다. 우울은 누가 뭐라고 하든 전염성을 가진 것이며 사람의 입술부터 쓰게 만드는 것, 밉게 만드는 것, 그리고 듣는 이를 지치게 하는 고단함이 아닌가요. 아무 효용 없는 것들에 사로잡혀 매몰된 채 제 안쪽으로 수천 길 궁륭을 짓는다 한들 그것은 타인을 위로할 부드러운 말이 되기는커녕 몰려드는 침략자를 식인어처럼 물고 찌르고 잡아먹고 할 뿐이겠지요. 몇 달째 서너 시간 이상 잠든 적이 없고, 제대로 자지 않으니 손이 한가해지는데 한가한 손이 무슨 못된 짓을 하는지는 당신도 잘 아실 겁니다. 가장 갈급하게 몸을 뒤채는 생각을 두엇 옮겨 놓고 나면 수면욕은 내빼듯이 사라지고, 정작 날이 밝아 왔을 적에 손안에 남는 것은 아무것도 없습니다.

이토록 잠들지 못하는 밤에, 삼키기도 버거우리만치 커다란 알약을 내려다보는 밤에, 저는 턴테이블 바늘을 움직이고 커피를 내리고 커튼을 걷은 채

종종 추운 바깥을 건너다봅니다. 역사가 오래된 근시안은 저 캄캄하고, 무섭고, 짙고 두툼하며 절대적인 어스름 너머를 투과해 보지 못하기에 저는 살아 있는 듯합니다. 이 부적절한 활기, 수상쩍은 인과를 그냥 무시하셔도 좋습니다. 칠흑 같은 광장을 밝히기 위해서는 수천 개 횃불이 필요하겠으나 저는 그저 처음부터 딱 한 사람의 눈만 멀게 하면 그만인 것을요.

몸이 낫지 않아도 시일이 되면 다시 전하겠습니다. 긴 겨울 동안 모쪼록 따스한 옷에 따스한 것만 먹고 마시며 지내셔야 합니다.

이 글을 멀리하더라도, 당신은 부디 제 염려를 의심하지 마세요.

의심

모든 것이 희미하게 흐려지는 계절
너는 내 이마에 버석한 입술을 묻고
조용히 말했다 얼른 추위가 왔으면
좋겠어 믿음을 가지는 순간 배신의
차례가 돌아오는 것만 같아 잠드는
일이 무섭고도 두려워 여태 한 번도
믿음으로 시곗바늘을 돌린 적 없는
이 의혹은 그러므로 죄가 되지 못해
지금 당장 나를 믿는다고 말해, 어서
변해 버릴 거라면 여름이 지기 전에
빛이 흐르기 전에 나를 믿는다 말해

긴 밤 우리는 두 손을 잡고 잠을 잤다
네 불면은 죄가 아니었으되 병이었다
새벽이 희끄무레하게 밝아 올 때까지
천장은 메마른 슬픔으로 오염되었다
뜬눈으로 새우던 천 개의 밤 한 번도
신앙이란 것의 은총을 입은 적 없었다

떨리다

어느 순간 맥락 없는 슬픔이 앞다투어 고개를 들고
눈시울이 출렁거린다 너는 나를 삶이라고 말하는가

속이다

생활이 단 한 번도 기만이었던 적 없다
그저 내 저지르는 잘못들을 묵인할 뿐
턱을 괸 채로 께느른한 고요를 씹으며
거기 있느냐 외치는 소리를 묵살할 뿐

창가에 새벽이 쏟아지지 않던 날 없다
기나긴 밤에 빛이 위안이었던 적 없다

소원

기적 없는 세계에 발을 들여
어디까지 비참해질 수 있나
저 처마 아래로 미끄러지는
한여름의 비였으면 좋겠다
저 비탈길로 굴러떨어지는
돌멩이나 되었으면 좋겠다

형체를 다 잃어버릴 때까지
처박고 부딪혀 깨어졌으면
가진 모든 것 흘려 버리고
편린조차 없이 잠들었으면
미지근한 새벽부터 밤까지
어디를 더 둘러보아야 하나

아무도 기억하지 못했으면
아무도 돌아보지 않았으면

시든 방 안 폐허처럼 누워
이제 그만 숨이 끊어졌으면

죽음

벗에게

아마 이건 내가 쓰는 것 중 가장 무의미한 편지가 될
테지 이 생은 짧고 단어는 무한히 긴 법이다 간단한
감각 하나를 표현하는 데 이토록 거추장스럽고 낡은
서두가 필요한 것만 보더라도 내가 이 주제에 관하여
얼마나 방어적인지를 네 충분히 짐작하리라 생각한다
감각일 수도 있고 옅은 기분, 직감, 실없는 바람처럼
콧잔등 위에 앉았다가 날아가는 것, 평온한 마음 위에
남몰래 기댔다가 따끔할 정도의 통증만을 남기고 훌쩍
가 버리는 것, 뭐든 괜찮을 것이다 어떠한 설명이라도
그냥 붙여 보기로 하자 옛말 그대로 장미를 아예 다른
이름으로 부르더라도 그 고운 꽃이 제 향을 잃게 되는
것은 아니지 않니 이 근본 없이 역겨운 감정에 어떠한
기표를 부여하더라도 그것이 근본적으로 역겹다는 건
변하지 않을 테니 무어라도 좋다 갈라진 입술로 열에
달떠 중얼거리는 어떤 더운 말이라도 좋아, 기왕이면
죽이기 수월하도록 나는 이것을 아예 죽음이라 부를까

아니 사실대로 말하면 나는 그를 이미 수백 번 죽였다

한 번 더 살해를 자행하고자 글을 쓴다 최근 들어 그는 초여름 비처럼 유리창을 두드리고, 응답이 없어도 문을 벌컥 열고 들어온다 잠을 청할 무렵에는 꼭 곁에 바싹 다가서 눕는다 왜 요즈음은 날 보러 오지 않니? 그는 정말로 그렇게 묻는다 어둠 속에서 별처럼 어둑어둑 농색으로 빛나는 눈 속을 가만 들여다보노라면 마치 이렇게 뇌까리는 것 같다 내 너에게 베풀었던 친절도 결국 여기까지구나, 그간 적이 즐거웠는데 인제 다른 노리개를 찾아야 하나……이러한 피해망상이 도를 넘어 당장 그의 가는 목을 힘껏 졸랐다면 좋았겠지만 나는 기어코 그런 시도조차 한 적이 없다 일종의 외경심과 졸음 비슷한 것에 사로잡혀 한심스레 고개를 끄덕일 뿐이다 그래 인제는 다른 이를 찾아가라고, 나 아닌 누구라도 좋으니 그를 성가시게 굴어 달라고, 내 몸은 이미 시살스럽게도 꼬집히고 깨물려 연한 살갗이 없고 온통 열이 나고 내장이 뒤틀리고 병이 드는 기분이라고 처음부터 당신의 달콤한 온정 같은 건 원한 적 없다고

그렇게 어린아이처럼 뒤척거리고 나면 아침이 와 있다

언젠가는 꼭 그만두어야 하는 아침, 제 의지든 아니든
영원히 붙잡아 둘 수 없는 순간이 오고 악몽 같은 빛이
하얀 눈꺼풀 속으로 와르르 쏟아져 맺힌다 비현실처럼
나는 멍하니 앉아 쓸모없는 손을 내려다본다, 그리고
그가 내 목줄을 아직 놓아 주지 않았음을 아는 것이다

독백

빼쭉하고 오랜 초록이 기어들어 온다
방 안에서 침몰하는 꼴이 참 우습구나
이번에는 왜 살려 달라고 말하지 않니
목 안으로 어여쁜 칼날이라도 씹었니
부스러진 송곳니를 혀끝으로 만지며
나는 쓴다 나는 허투루 적은 문장이고
불빛 없는 밤에 줄이 끊어진 폐선이다
초록은 피투성이 발을 만지며 웃는다
곤죽이 된 입술을 당겨 삼키며 웃는다
키스로 전염되는 권태를 들은 적 없다
창백한 피부를 태울 볕을 꿈꾸기보다
그저 가라앉는 일이 적당하지 아무도
나를 지나가지 않고 나를 건지지 않고

그리하여 너는 영영 이 절망을 모른다

파랑

네 영혼은 무엇으로 되어 있을까
식탁 위의 복숭아가 흐무러졌다
조용히 수건을 삶는 냄새가 난다
시곗바늘은 나날이 실종되고 있다
플라타너스 아래 빈 그네 위에도
없다 웬 고양이만 살금 지나갔다
베개 밖으로 작은 두개골 내부로
원리를 잃어버린 잠이 놓여 있다
사실, 하고 시작되는 말들은 거짓
작동할 일 없는 도덕으로 살아도
너는 상관없지 않으냐고 말한다
차라리 당장 죽으라고 말했으면
흐물거리며, 투명하게 호흡하며
있잖아 사실은 침대가 푹신해서
아마 그래서 악몽을 꾸는 것 같아
각설탕 같은 별이 기어들었다가
더위에 파삭 부서지길 반복하지
허리춤에서 잘게 만져지는 것은
굳게 잠가 두었던 빈방의 열쇠들
수감해 놓은 것은 고작해야 아픔

겨우 단 한 번 범람했을 따름인데
식탁 아래가 철벅철벅한 물이다
물난리 속에서 눈을 깜빡거리는
연하게 아름다우며 짙게 참혹한
네 영혼은 무엇으로 되어 있을까
모든 음향과 분노가 종말한 한낮
상한 과일 속으로 하얀 빛이 돈다
물러 터지고도 살아남을 것 또는
반드시 숨 쉬는 일을 두려워할 것
너는 말없이 시곗바늘을 줍는다
머지않아 이 시간이 필요하리라
이윽고 죽은 것들이 파랗게 운다

봄

H에게

내 편지에는 어떻게 된 게 온점도 없고 초점도 없구나

'어떤 비난이라도 좋았을 텐데' 분명 그리 지껄였지만
실은 네가 퍼붓는 어떠한 비난도 감당할 자신이 없다
잔뜩 허기졌으면서 어느 것 하나 달게 삼키지 못하고
향긋한 냄새만 찾는 이것을 허영이라고 부르자 긴긴
겨울이었나, 겨울은 내게 한 번도 길었던 적이 없는데
사람들은 긴 겨울이었다고 한다 한 계절 지날 때마다
네게 잡문을 쓴다 하루씩 비어 가는 눈언저리를 가만
어루만지며, 초라한 노래를 입속으로 외어 본다 돌연
숨이 콱 조이고 속수무책으로 흔들흔들, 흔들거리는
벽에 걸린 내 그림자의 모가지가 몹시 연약한 것 같아

바이올린의 현을 위해 켠다 빛을 억누르고 밤을 켠다
침대맡에 놓인 눈동자는 타오르듯이 반짝거리고 나는
늦게 누워서 자명종 소리보다 앞서 깨기를 반복하고
그럴 때면 몇 시간을 뒤척여도 도저히 잠들 수가 없어
잠결에 잡은 듯한 새하얀 손이 굉장히 떨리고 있었다

너는 무엇이 모자라 꿈의 문턱까지 침범해 들어올까
그러잖아도, 그러잖아도 전부 괜찮다고 말하고 싶어
깨어난 뒤의 멍하고 멍청한 이따위 감각이 나는 싫다
차츰차츰 무뎌져 이 감각조차 풍화될까 저어하는 일
움직이면 부스러질까 그대로 우두커니 앉아 있는 일
덜컹거리는 창을 등지고, 거기 박제된 유령을 등지고
이제는 내 손이 볼품없이 떨리는 모양을 바라보는 일

한 계절에 일곱 번 장마가 들이닥치듯 너를 생각하고
일곱 번째 장마가 품은 푸름보다 짙게 너를 생각하고
축축한 공기가 무거워, 무너져 내린 하늘색이 버거워
내가 경박하게 지절거리는 것은 어쩌면 다 네 탓인데
아름다운 시도 처절한 노래도 아닌 것들을 게워 내고
처절하도록 아름다운 네 이름을 쉽게도 입에 올린다
일과로 굳어진 외설과 욕설, 너주레한 농담과 악담과
변변찮은 세탁물의 운명에도 나는 완전히 익숙해졌다

언젠가는 네게 그 무엇보다 예쁘고 고운 말을 해야지
고개를 위로 쳐드는 순간 나는 반드시 상스러워진다
그럴 바엔 아무것도, 아무것도 바라지 않는 체하자고

멍든 팔목을 문지르며 미지근한 온도에 숨을 담근 채
조용히, 조용히 가라앉는 나는 몸부림을 치는 것 같아

마지막이라고 믿었던 여름날은 이미 한참 전에 지나
품속에 안은 것은 색 바랜 달력과 뭉개진 풀꽃뿐이다
언제나 여기까지 썼다가 종이를 찢어 버리고는 했지
한 걸음도 나아가지 못하고 저녁 나팔꽃처럼 죽었다
언젠가는 사람의 말을 빌려 네게 전하고 싶은 게 있어
청결하고 보드랍고 무결한 문장을 쓰고 싶어 그러나
흠집 그득한 성대로도, 흉물스러운 아가리로도 나는
소리를 내고 싶어 무엇이든 목이 메도록 원하고 싶어
그러나 지금은 연필이 원하는 방향대로 흐를 뿐이다

너는 무얼 얻고 싶어 꿈의 문턱까지 짓밟고 들어올까

잠결에 입맞추었던 입술이 새파랗게 물들어 있었다
그러잖아도, 정말 그러잖아도 괜찮다 대답하고 싶어
그렇게 모질게 굴지 않아도 너는 나를 다 가져갔는데
내 눈을 독차지하지 않아도 밤은 이미 어두워졌는데

이 난삽한 독백이 네 심장의 어디쯤에 도착할지 안다
걷는 도중 무릎이 찢기고 온몸에 상처를 매단 채로도
그렇지, 봄은 당연히 너의 품에도 공평하게 올 것이다
그리하여 나는 여기 남은 절반의 겨울을 네게 보낸다

넌더리 나게 악착스러운 이 모순을 마음이라 부르자
네가 따뜻하길 바라는 만큼이나 네가 춥기를 바라는
수척한 달이 뜬 새벽 너 역시 사무치게 외로워하기를
괴로워하기를 바라는 이 흉한 마음을 나라고 부르자

소멸

아무도 모르는 곳으로 떠나갔으면 좋겠네

샘물과 목마름, 걸음도 길도 없는 곳으로
이제 더는 부를 노래가 남지 않은 곳으로

내 안에 아주 귀하고 반짝이는 것이 있어
끝 간 데 모르고 침전하는 문장이 살아서
매일 베갯머리를 적실 수 있다면 좋겠네

언젠가 반드시 소원 없는 사람이 되어서
지나는 길마다 조약돌처럼 낱말을 흘리며
종말부터 시원까지 걸어 내려가면 좋겠네

새벽까지

만취한 날이 계속되었지 노랫말을 기우던
손끝이 점점 흐물흐물해지던 날이 있었지
넌 그냥 끝이야, 끝이야 하는 네 말도 있고
이대로라면 끝입니다, 하는 의사의 조언도
있었지 있긴 있었지, 기억이 흐려 미안해

사실 날이 궂으면 내 마음은 밝게 빛났지
그 여름 재난처럼 발목까지 물이 찼었나,
아니 차오른 건 물이 아니라 재난이었지
거기 잠겨 밀려오기를 기다렸던 것 역시
네가 아녔어 실은 어떤 사람도 아니었어

속력을 높여 바다로 떠날 정도로 멍청한
계획을 정말 실행해 버릴 만큼은 슬픈 밤
어쩌면 난 계속 고개를 숙이고 있었을까
시야 안에 힘없이 떨리는 불빛들이 있어
눈을 감으면 이 빛들도 잠시 쉴 수 있을까

조금만 속도를 늦추고 맨발로 걸어와 줘
사랑스럽지 않을 만큼만 내 곁에 멈추어

아랫입술이 다 메마를 때까지 침묵해 줘
혼자 될 때까진 혼자 두지 말아 줘, 제발
이 밤이 하얗게 꼬리 끌며 떨어질 때까지

집에 가지 말아 줘, 집에 도착할 때까지만

적

네 척추뼈 위에 손을 올리면
흉포한 소리가 찢고 나온다
마디가 불거진 손가락 새로
소금 품은 바닷바람이 분다
쓸쓸한 밤바다에 발을 묻고
그저 썰물 때를 기다리는가
네 사늘한 악의에 나를 묻고
영영 같아지기를 기다리는가
물결은 시종 무늬를 바꾸고
한숨은 달빛을 이지러뜨리니
나의 골격을 훔쳐 입은 너도
끝내 나와 다른 것이 되어서
저 영하의 바다로 나가겠구나
이방인의 외피를 걸친 우리는
이로부터 영원히 모르는 채로
서로를 서로라고 부르겠구나

눈물

우는 얼굴이 좋다고 말한다면 너무 잔악하게 들릴 것이 틀림없다. 혹은 지나치게 뻔하거나, 모든 것이 본 의도와는 반대로 나풀나풀 가벼이 날아가거나.

하여 입도 벙긋하지 못한 채로 그렁그렁한 두 눈만 멍하니 보고 있었다. 눈을 크게 힘주어 떴다가 내리깔았다가, 턱을 괴었다가 풀었다가, 아무것도 없는 빈 포크를 물었다가 빼었다가, 몇 번을 재우쳐 들여다보아도 여전히 너는 내 예상보다 한결 가엾게 울었다.

그 점은 확실했다.

역시나 만들어지다 만 군상답구나. 어떻게 그따위 감상부터 먼저 차오를 수가 있니?

남 탓할 계제는 못 되는, 마찬가지로 반쯤 마모되다 만 양심이 명치 언저리를 꽉 누르며 속삭거렸다.

급작스러운 울음에 내가 어쩔 줄 몰라 얼어붙은 동시에 괴상한 경탄을 보내고 있음을 아는지 모르는지, 너는 생각보다 매운 요리에 화끈거리는 혀끝을 감쳐물고 하필 공교롭게 밀려드는 눈물을 연신 참았다. 그냥 참는 게 아니라 목을 조르듯이 참았다. 그 동작은 살면서 본 것 가운데 단연 압도적으로 애처롭고도 필사적이어서 사람을 자꾸만 헷갈리게 했다. 이대로 계속 앉아 짠물 뚝뚝 떨구는 것을 지켜보아야 하나, 일렁이는 목울대를 틀어쥐고 조금 난폭하게 굴어도 괜찮을까 하는 비상식적인 충동이 쇄골 아래를 홧홧 달구었으나, 명치의 통증을 견디다 못해 결국은 손목이 움찔했다. 나를 노려보는 검은 눈동자와 붉은 눈자위 아래로 머뭇대는 얼간이의 손끝이 몇 번 드나들었다. 근사한 위로를 배운 적 없는, 위로 따위는 아무것도 위로할 수 없다고 믿는, 그 분야에서는 가히 입도 못 나불대도록 무력하고 무연해지는 흰 손.

그러나 너는 이윽고 울음을 그쳐 주었다.

어쩌면 네 눈물은 남들보다 더 긴 통로를 가진 것일까?

그래서 울커덕 쏟아 내지 않는 것일까. 아주 느릿느릿하게, 언제나 눈시울을 조용조용 붉히며 사람을 주시하는 걸까. 견디지 못하고 혀를 대어 보면 싱거운 짠맛이 감돌 테지.

자, 대답해 봐. 문을 열어젖히고도 아래로 수월히 미끄러지지 못하는, 뺨을 그으며 직선으로 낙하하기도 어려운 것이 그 한 줌도 안 되는 물기의 운명이라니.

그러니 눈물의 처지로서 네 새카만 눈은 얼마나 오르기 버거운 관문일 것인가.

손을 잡고 거리를 걷는 동안은 내내 그런 생각을 했다. 그 어떤 손짓과 발짓으로도 표하지 못할 상념, 과하게 흐리마리해서 살아생전 옮기기 객쩍은 언어들이 걸음마다 한없이 흐르고 떨어졌다. 검은 코트 자락과 검은 구두 위에 아무리 짙은 밤의 냄새를 묻혀도 어김없이 아침은 밝을 테지, 모든 건 찰나에 왔다가 찰나에 깜빡 저무는 것이지. 그러므로 너와 나는 똑같이 그 짧고도 마법적인 순간, 일각도 머물지 않는 새벽의 풍경을 좋아하게끔 설계되어 있는 것이다.

언젠가 네 웃는 얼굴을 보고도 그 눈물을 떠올리게 되리라는 직감이 들었다. 밤의 장막에 안겨 있으며 아침을 무시하려 애쓰듯이, 안전하게 손을 붙들어 묶고서도 별안간 철컹, 하고 격리될 것이 두려워지듯이.

너는 아주 약하게 우는 사람이구나.

어쩌면 그 모습은 세상에서 가장 약한 것일지 모른다.

너는 내 앞에서만 약할 수 있을까. 그렇게 목을 조르듯이, 졸리듯이 꾹꾹 눈물을 누르고 어떻게든 감내하려 몸서리를 치다 내 앞에 서기만 하면 눈가를 푹 적실 수 있을까, 내가 뻔뻔스레 붉어지겠노라 선언한 것같이 너는 눈을 발갛게 물들이고 입술을 깨물 수 있을까. 이 말이란 것, 말이라고 하는 빌어먹을 것은 첨예한 송곳이 되어 그 상처 입은 마음을 푹푹 찌르고 또 찌를 텐데, 수차례 난자한 다음에는 얼간이처럼 손을 내어 어루만지는 일밖에는 할 것이 없을 텐데.

너는 괜찮을 것이다.

어쩌면 나는 괜찮지 않을 것이다.

무너지다 만 거리를 계속하여 걸었다. 너는 자주 내 눈 안쪽을 말끄러미 보았다.

이내 얼다 만 눈이 내렸다. 가늘고 촘촘한 속눈썹과 외로운 어깨 위로 여우비처럼 날리다 스러져 버릴 것 같은, 여간해서는 쌓일 것 같지 않은 입자 고운 눈발이 허공을 춤처럼 떠돌았다. 춤, 끝없는 노래, 미친 듯한 군무, 오싹한 차가움, 하얗게 나풀거리며 사람의 눈 위에 내려앉는 눈.

그리고 너를 사랑하는구나 생각했다.

마른 입술을 달싹거렸다.

밤이 깊고 이상기후가 떠내려갔다.

남다

침몰하지 않고는 협곡을 지나칠 수 없는
이 가을 우리는 다섯 번째로 바다에 왔고
내 모든 이야기는 짠물로 젖어들고 있다

햇볕에 말리면 분명 생활에 도움이 될걸
너는 농담처럼 웃고 나는 약처럼 삼킨다
혀끝에 오른 미소는 다정하고 쓴맛이 나

흐벅지게 하얀 어깨를 한 움큼 베어 물면
이상하도록 깊은 바다 맛이 날까 컴컴한
악몽 속으로 노 저어 들어가는 거친 손과

어두운 백사장을 질주하듯 내달리는 다리
밤눈이 먼 나는 그만 너를 다 놓쳐 버릴까
그러나 우리는 아직 서로를 망친 적이 없다

여전히 물고기가 되는 꿈을 꾸느냐 물으면
아아니, 다 잊어버렸어 고개를 저으면서도
눈은 몇 길 물속을 휘더듬어 좇고 있는지

우리 반드시 돌아갈 곳이 존재한다는 것
쉬어야 할 숨이 남아 있다는 것은 어쩌면
얼마나 견딜 수 없이 역겹고 흉한 일인가

헤엄치는 일은 섬을 찾기 위해서가 아니고
어느 날 다시 돌아오리라는 속셈도 아니다
너는 그냥 이렇게 아주 가 버리는 것이다

언젠가 반짝이는 비늘 하나 밀려올 때까지
나는 이곳에 죽지 않고 살아 기다리련다
밑바닥도 없는 빈 선율만 계속 변주하며

모래톱 위로 누운 달이 끔찍하게 빛나고
환하도록 고통스러운 적막 속에서 언뜻
해저의 울부짖음 같은 괴성이 실려 온다

네 형상은 이제 깊이 잠겨 보이지 않는다
내 모든 종잇장에는 소금기가 배어 있고
생계에는 도움 되지 않는 광기만이 있다

편지

H에게

생각해 보면 과연 이 미발신의 편지들이야말로 네가
제정신이 아니라는 증거 아닐까, 누군가 빈정거리며
그러나 애정을 담아 그리 말해 주었던 적이 있습니다

보내지 않는다면 보관이라도 해 둘 것이지 그럴 것도
아니면서 쓰고는 태우고 다 북북 찢어 버리고 아까운
노릇이라며, 그 어떤 목적에도 부합하지 못하는 글이
대체 네게 무슨 효용이 있냐는 말이었습니다 그 착한
마음씨에 감동해 꺼지라고 답하면, 그는 웃으며 저녁
뭐 먹을까 슬쩍 말을 돌리곤 했는데 이 시시한 기억이
벌써 일 년 전이라는 것은 곧 타인이 보기에도 미관상
썩 좋지 않은 소모 행위가 자그마치 십이 개월을 넘게
지속해 왔다는 것인즉, 본디 이런 양상은 날이 갈수록
심각해지기 마련이라 이제 정신이 나갔구나 돌았구나
같은 말로는 심장에 생채기 하나 낼 수 없고 나중에는
너 그러다 장래 무엇이 될래, 하는 심술궂은 비수조차
요만큼의 물무늬도 그리지 못하게 될 테지요 그럼에도
혹 의심스러우실까 싶어 당신에게만 살그머니 귀띔해

드리자면, 저는 이목을 끄는 짐승이 되고 싶었답니다

표현을 빌리자면 미발신의 편지라고 해서 제게 약이 되지 못할 이유는 무엇이고 당신에게 제대로 수신된 편지라 하여 비범한 '효용'을 가지고 있을 까닭은 또한 무엇이겠습니까 그저 이것은 오역을 감수하고 서툴게 새긴 문자들, 마음 내키는 대로 실컷 지껄이기 일쑤인 입술의 천박함과 그 궤적을 더듬는 눈먼 손가락일 뿐 색다른 풍경이 되지 못하는데, 밝고 뜨겁고 눈부시고 탐스럽게 만개한 여름, 달고 시큼한 물이 줄줄 흐르는 손목과 복숭앗빛 고운 뺨, 깨물면 여문 햇살이 톡 하고 벌어질 듯한 오후……이러한 황홀을 닮았어도 본질은 말라비틀어진 사과 씨 반절만도 못한 목소리인 것을 이다지도 무참한 짓을 저지르며 어떻게 감히 행위의 득실을 따지고 그로써 당신을 원망할 수 있겠습니까

할 수 있는 건 전부 해 봐야지, 같은 변명으로 당신을 불쾌하게 하는 건 안 될 말입니다 내처 사납고 표독한 말, 때로는 애써 추해지고자 하는 말로 저를 위로하고 또 고문하면 그걸로 그만인 것을요, 잉크를 담뿍 찍어

정갈한 종이 위 서걱서걱 써 내릴 때면 꼭 바다 건너편
척박한 나라 땅에 볼모의 처분을 일임하는 서한을 적는
듯도 한데(볼모라는 것, 자유를 억압당하는 인물이란
늘 당신에게는 날개 돋친 이야기 같았지요) 날카롭게
다듬은 연필을 느슨하게 쥐고서 당신을 생각하노라면
단 한 자도 쓰지 못하리라는 예감 비슷한 것이 듭니다

하긴 상상력이라는 건 이미 빈곤해서 일고여덟 살이
되기 전 우물 바닥을 드러냈으니 이후로 손을 거쳤던
모든 잡문은 척박한 돌바닥의 부산물이라 하겠습니다
돌 맛 나는 물이 흙 맛 나는 돌덩이로 화하고 다음은
무엇 맛이 나는 무엇으로 변하려는지, 수수께끼에는
영 소질이 없으니 당신은 그저 이 헛수고가 일찌감치
끝나기를 빌어 주시는 수밖에는 다른 도리가 없습니다
협박이냐니, 당연히 협박이지요, 그러지 않으면 계속
고약한 편지만 꾸역꾸역 삼키고 종내 배탈을 일으킬
당신 우편함에게 참으로 미안한 노릇이 아니겠습니까

잘 지내셨나요,

이렇게 별것 아닌 물음이 어째서 이렇게 어려울까요
왜 목 안쪽이 시큰거리고 손은 덜덜 떨리는 듯할까요
감파른 새벽 어스름이 묽은 손끝을 밝힐 때마다 저는
꽤 자주 낯이 붉어지고 또한 이 수치에 길들었습니다

이 길고도 지루한 서문은 결국 저는 잘 지낸다는 안부
그뿐이었습니다 안녕했니, 하고 물으면 이러저러하여
다행스럽게도 안녕했습니다, 하는 답이 먼저 나와야
정상이거늘 언제나 넌덜머리 나는 장탄부터 늘어놓는
것이 최근에 생긴 나쁜 버릇이라면 버릇이겠습니다만
이리하지 않고서는 저를 설명할 방법을 모르겠습니다

나긋나긋하도록 향기로운 것, 서늘한 것, 어여쁜 것과
매료하는 것, 쏟아붓는 것, 침식하는 것, 잔류하는 것
너울거리는 밤, 증식하는 밤, 차가운 수사로 가득한 밤
너무 오래 흥얼거려 혀끝에 들러붙은 노래의 끄트머리
벽에 표시된 눈금으로부터 지나치게 많이 자란, 아이
이제 거실 한쪽에 도사린 채 반들거리며 눈을 빛내는
저것들에게도 적당한 이름을 붙여 주어야 할까 봅니다

아가리 닥치라는, 썩 걷어치우라는, 다 꺼져 버리라는
당신 입에서 분명한 언도가 떨어지기를 기다렸다가도
종잇장에 손끝을 베일 것이 두려워, 그 대답이 얼마나
길게 늘어나 목을 조를까 무서워 다만 침묵을 바라는
비겁함, 흔들면 흔드는 만큼 속수무책으로 흔들거리는

이 밤 그러나 이미 모든 순간을 당신 것으로 하셨으니
아주 잠시만 제 앞에서 멈추어 주실 수는 없으신가요
너절한 노래 다 낡은 운율이라도 소리 낼 수만 있다면
줄 끊긴 피아노 건반이어도 힘주어 누를 수만 있으면
외롭지 않을 텐데, 전부 재가 된대도 춥지는 않을 텐데

잘 지내시겠지요, 당신은

그러기 위해서는 영영 이런 외침을 모르셔야 합니다

폐허

당신에게 잠깐 머물렀다 돌아가는
이 싸늘한 거리의 오염이 짙습니다
이 춥고 지독한 곳에 쓸쓸허니 서서
아무 발걸음도 없는 뒤를 돌아보고
부질없는 기대만 수차례 꺾은 끝에
마음은 계단 아래로 떨어졌습니다

나는 낭떠러지 거닐듯 휘청거리고
우리 모두에게 돌아갈 곳이 없다면
시간이 흐르는 것쯤은 모른 체하고
날이 밝는 일쯤은 저만치 제쳐두고
가없이 머무를 수 있지 않을까 하는
정신 나간 공상만 내내 하는 수밖에

산란한 시야로 스미는 생각 가운데
아주 기이하도록 찬란한 것이 있어
당신 불면의 유래를 끝내 묻지 못한
겁 많은 내 미소는 결국 삐뚤어지고
바람 한 닢 품속으로 떨어질 때마다
소화되지 못한 침묵이 흔들렸습니다

영속적인 것은 시종 존재하지 않고
이미 마술적인 순간에서 빠져나온
지금은 그저 모든 것이 늦었습니다
이 종말 같은 거리에 흐릿허니 서서
차가운 숨으로 차가운 몸을 데우고
해가 뜨면 집까지 걸어가야겠습니다

뱀

이름을 주세요
또렷하게 똬리 튼 짐승이 말했다
그냥 가지 말아요, 간청컨대 이름을 주세요
날름거리는 혀 위에 울음 같은 기운이 반짝일 때
그 애는 마음을 빼앗겼다고 했다
내 방은 한 뼘이고 내 여유는 더욱 비좁아
내 숨은 가쁘고 내 앞의 생은 전운과 같아
다락방에서 살아도 괜찮겠니?
장미색 눈이 느릿하게 두 번 깜빡,
깜빡
그것이 승낙처럼 들렸다고 했다
그 애는 짐승을 벽장 안에 숨기고
멍투성이 과일을 먹이며 키웠다
몸피가 손가락 한 마디씩 굵어질 때마다
다달이 허물 벗을 때마다, 비늘이 오롯해질 때마다
행여 벽장 밖으로 찬란이 새어 나갈까 봐
조급한 마음은 가맣게 모른 채
배불리 먹은 눈만 나른하게 깜빡,
깜빡

흠집 난 수확물이 수상쩍게 많아지므로
모두 그 애에게 흠집을 내려 들었다
불량품보다도 못한, 하등 쓸모없는 것
기대할 것도 베풀 것도 없으니
팔아치워 삯을 받을 수밖에
모두가 외출하는 날이면, 스스스
비로소 짐승은 온몸을 바르게 쭉 펴고
지친 그 애를 스르르 두어 바퀴 감은 채
지옥 열매 같은 눈을 깜빡,
깜빡
내 지혜는 한 뼘이고 내 언어는 더욱 비좁아
네게 이름을 주어도 되겠니?
이름까지 삼킨 짐승은 한껏 몸을 흔들고
그 애의 목울대 아래서 기분 좋게 울었지만
매끄럽고 찬 짐승은 구겨져 잠든 중에도 성장해서
자라나고 또 자라나서
잔구멍 같은 벽장 속에서는 살 수 없게 되었다
무릎에 맺힌 핏방울을 매일같이 핥아 주어도
그 애의 상처는 멎지 않았다고 했다
들어 봐, 우리
우린 이제 어떻게 하면 좋으니?
가여울 만큼 착한 너
외경畏敬보다 두려운 너를 어쩌면 좋으니?

팔아치워 삯을 받을 차례가 되므로
앵초 화환을 쓰고 집을 나설 적에
그 애는 벽장 문을 열어 두었노라 했다
부러 마주 보지 않았다고 했다
그럼에도 뒷덜미가 따끈따끈했다
온 불운을 태울 만큼 환히 빛나는
장미색 눈이 그저 느릿하게 깜빡,
깜빡

심장을 통째로 도려낸 죄로
유달리 붉은 해가 박명을 파먹고
처음 따듯한 살점을 삼킨 대가로
뱀의 혀는 나비처럼 푸릇푸릇해졌으나
기억도 안 나는 오래전의 약속 같은 것
되새기지 않아도 좋았다
흉곽이 텅 비어 누운 몸들 곁으로, 스스스
비로소 뱀은 우아한 고개를 쳐들고
주저앉은 그 애를 빈틈없이 감은 채
들여다보는 속까지 모조리 비쳐 뵈는
장미색 눈을 깜빡,
깜빡
그것이 전부였다고 했다
손바닥으로 차갑고 매끄러운 것이 머리를 치받을 때

목울대 아래서 아름답고 무서운 것이 반짝일 때
그 애는 마음을 빼앗겼다고 했다

끝

더 아프고 덜 아픈 끝이 있다고 믿기로 하자
더 고결하고 덜 고결한 방식이 있다 믿기로

커튼 바깥의 빛과 안쪽의 어둠이 분리된다고
믿어 버리자, 혈관 속에 무언가 누워 있었고
여기 이곳에 감히 수천의 청중을 가졌노라고

그러므로 수천의 비명을 겹쌓아 불을 놓아도
무대 위에서는 종장만 내리면 다 좋은 이야기

어차피 손에 들린 총은 장미꽃만 쏘는 장난감
아름드리 횃불을 켜도 키스 한 번에 훅 꺼지지

난 아무래도 버려질 건가 봐, 어지러워 죽겠어
목구멍으로 입을 넣어도 말을 전혀 못 하겠어
열 손가락이 흐물거려 무엇도 쥘 수가 없는데

형상 없는 목소리만 수천 개 울리는 광장에서
옛 영광이 앉은 그을음만 닦으며 살게 될 테지

무구해지려는 역사와 무수히 유색시키려는 별,
무질서 안에 버려진 이에게는 그저 무참한 이름
나는 녹색 가름끈만 무색하게 반질반질한 동화

숱하게 빈축을 사들여 이제는 남은 마음이 없는
심장 피의 소네트, 축출당한 오른손, 퍼석한 숨

하릴없이 그리운, 그리워서 자못 하릴없어지는
이 아리아의 제목은 과연 절망, 뜨거움, 환희, 빛

배고픈 생쥐가 악보를 갉아 먹었기만을 바라자
객석은 찍찍대며 비었고 치즈는 썩어들어갔고

여기는 몇만 년 전부터 아무도 방문하지 않았고
기웃거리던 먼지들은 재채기를 하며 돌아갔다고

소란스레 휘파람 불던 청중과 몸을 뒤채던 열망과
커튼콜 안팎으로 치밀하게 드새는 명암의 고결함
그러나 막이 내려갈 때는 쉿, 입을 다물어야 한다

어떤 이와 어떤 꽃과 어떤 붉음과 어떠했을 노래
어느 순간에는 틀림없이 뾰족함을 껴안아야 한다

더 아프고 덜 아픈 일 따위는 아무래도 무관해지는
그리해서 아픈 일을 마침내 끝이라고 불러야 한다

답장

H에게

오랜만입니다.

작년 여름에 편지를 부쳤으니 일 년 정도의 시간이 흘렀습니다. 저는 그간 잘 지냈습니다. 변함없이 건강은 형편없고, 느지막이 잠들고서도 일찍 깨어납니다. 올해 여름은 정말 아프도록 무더웠고 손편지를 덜 쓰게 되었으며 조금 실없이 웃게 됐습니다. 펜촉은 무뎌졌으나 글씨는 아직도 괜찮게 씁니다. 제게 잘 지내느냐고 여쭤보시어 이리 두서없이 대답합니다. 수국을 기억하느냐고 여쭤보시어 기억하지 못한다고 대답합니다. 방탕하게 들떴던 지난여름의 언사와 바닷물 앞에서 걸음이 어지러웠던 날들과 맑은 하늘에 비가 쏟아져 황망했던 일은 기억합니다. 꽃잎의 촉촉함과 가녀린 보드라움과 마주한 이의 표정 따위를 떠올릴 수 없을 뿐입니다.

제가 잊은 것은 그것 말고도 많이 있습니다. 첫째로 이 계절을 사랑하는 법을 잊었고, 둘째로 우울을 수확하는 법을, 셋째로는 음전히 입 닫치는 예의를 잊었습니다. 끈질기던 여름은 마침내 숨이 죽여 그 기세가 꺾였습니다. 나뭇가지에 이는 파도는 이내 찰나 같은 가을과 북국의 겨울이 올 거라고 말합니다. 그러므로 구태여 잘 지내느냐는 안부 인사를 돌려 드리지는 않겠습니다. 외려 당신 피아노에 악수를 청하는 것이 더 타당할 듯합니다. 기교 없이도 마력적인 목소리로 울던 악기, 손을 내밀면 반드시 동일한 온도의 선율로 응답하여 주던 건반. 사실대로 말씀드리자면 저는 그것들이 그립습니다. 그런 것만이 지금에 와 그립습니다.

괜찮으냐고 여쭤보시어 다시 대답합니다. 어렵지 않았습니다. 모든 게 그다지 어렵지는 않았습니다. 드물게 장대비가 내렸고 종종 가슴 위까지 물이 차올랐으나 축축한 발은 잘 말랐습니다. 어느 날은 초인종 소리에 벌벌 떨었고 가끔 발아래가 아스라이 높았으나 뜨거운 붙박이별이 늘 머리 위에 있었습니다. 그래서 저는 그럭저럭 버틸 만했다고 생각합니다. 제 괜찮음과 당신의 괜찮음이 무관하다고 대답하려 합니다. 앞으로도 저를 무사히 지나가셔야 한다고 이야기합니다.

궤도에서 분리된 달의 손을 잡고 힘차게 두어 번 흔들어 인사합니다. 무한한 우주 안쪽으로 멀어지는 여름의 빛을 봅니다. 검은 물속으로 떨어지는 얼굴은 표정을 읽을 수가 없게 눈을 감고 있습니다. 꿈에서 깨면, 저는 다가올 계절처럼 온몸이 서늘하게 말라 있습니다. 성한 두 눈을 가지고 있습니다. 못된 짓을 할 수 있는 두 손을 가지고 있습니다.

그리하여 이 답장을 쓰기로 합니다.

총총

글쓰기

오로지 쓰는 일을 통하여서만 네게 가닿을 수 있음이
음절을 입안에서 잘게 부숴야만 맛을 느낄 수 있음이
너는 햇볕을 으깨며 곁에 앉아 무어라 빠르게 말한다
그러나 내게 허락된 일이라곤 고 찬란한 단어를 엮어
한없이 난삽하고 초라하며 서글픈 노래로, 시집으로,
수취인도 없는 편지를 매일같이 부치는 일일 뿐이다

운무雲霧

1

기상은 자꾸만 악화하여 마주한 사람의 눈동자 색도 분간할 수 없는 나날이 계속되었습니다.

예로부터 그들은 엄격한 척도를 정해 놓고 사는 사람들이 아니어서, 이 날씨라고 불리는 모호한 것이 정확히 어느 시점부터 비정상으로 분류되는지는 알 길이 없었습니다. 흔히 가뭄이라면은 경지가 메마르고 작물이 시들시들하게 생기를 잃을 때부터, 반대로 홍수라면 작은 시내가 강물이 되고 강물이 범람할 때부터 하는 식으로 대강의 추산이라도 할 수 있었겠습니다마는, 이 현상은 여타의 재해와는 달리 마치 태곳적부터 핏줄에 깃들었던 병증처럼 차츰차츰 모습을 드러냈기에 아무도 그의 시작을 포착하지 못했습니다. 하긴 개중에 특별하게도 영리하고 예민한 천재가 있어, 시와 분과 초를 잘게 쪼개어 그 비정상이 탄생하는 순간 — 말하자면 수태의 순간 — 을 진맥해 낸다 한들 그때는 이미 그리하는 것에 어떤 의미도 없어진 다음이었을 겁니다. 변모는 느리다고도 빠르다고도 말할 수 없는 속도로, 말하자면 세월과 같은 속도로 그들에게 찾아왔습니다. 어디를 가나 옷깃과 소매가 젖어들었고 어느 눈을 뜨나 똑같은 빛깔이 보였습니다. 처음에는 분명 아주 약간 불편한 정도였겠지요. 우물로 가는 길을 조금 더 반짝이는 청석으로 놓아야 한다든지, 이 안개가 걷힐 때까지는 필히 어린애들의 손을 잘 잡고 다녀야만 한다든지.

공동체 의식과 이웃을 향한 웅숭깊은 애정, 규칙이며 이타심이나 배려 같은 이름들. 칭송받아 마땅한 선의가 제대로 효력을 발휘하는 한은 재앙이라는 것이 아무 이유 없이 찾아올 리 없고 언젠가 끝이 나지 않을 리도 없었습니다. 그들은 이토록 단단하고 섬약한 지론을 믿었으므로 당연히 안개가 머지않은 날에 걷힐 것 또한 믿었고 시련에 맞설 어떠한 대비도 해 놓지 않았습니다.

그러나 지척에 있는 모닥불에 손을 집어넣어 화상을 입고, 번히 눈앞에 있는 돌기둥에 부딪혀 머리가 깨지고, 물소 떼의 발굽에 무참히 짓밟히거나 길이가 족히 수천 자는 넘는 크레바스의 산 제물이 되는 등 불의의 사고들로 인구가 천천히, 허나 꾸준하게 줄기 시작했을 때에야 사람들은 각자의 몸뚱어리를 에워싸고 있는 새하얀 무언가를 발견했을 겁니다. 십이월 밤에 높이 솟은 척박한 눈측백나무 숲보다, 가장 아름다운 처녀의 속눈썹보다, 더운 피가 흐르는 사나운 맹수의 갈기털보다 훨씬 더 빽빽하고 치밀하며 빈틈없으면서도 신비로운 안개 — 안개라기보다는 이미 하나의 안전한 옷감처럼 몸을 감싸고 있는 자욱한 실명失明 상태를.

2

무릇 가장 위대한 신앙조차 실체를 현현하는 것으로써 그 기반을 공고히 하는 법. 이윽고 차례차례 곡기가 끊어지고 밤낮이 균질한 색감으로 하얗게 어두워졌을 즈음, 눈이 멀지 않았다 뿐 모조리 맹인이 된 이들 중에서 누군가 마른 입을 열었습니다. 뵈지 않고 냄새도 나지 않아 느낄 수조차 없는 이것이 과연 내 신체의 부속물이란 말인가?

내 의지와 명령을 충실히 이행하면서도 동시에 내 감각에 철저하게 반하는 것이 본래 나의 가슴과 배에 떡하니 붙어 있었더란 말인가, 기이하도록 낯설고 수상한 이 목소리는 대관절 누구의 울림통을 비집고 나오는 것인가. 역설적이게도 그 공허한 속삭임은 일약 권위적인 울림이 되어 제일 신실한 사람의 청각까지 전염시켰으며 안개를 타고 멀리멀리 퍼졌습니다. 실재하는 공포에 직면한 이들은 분연히 떨치고 일어났습니다. 서로 얼굴을 더듬어 보거나 떠듬떠듬 이야기를 나누지 않아도 그들은 하나의 신경으로 이어진 것처럼 유일하게 명료한 결론에 다다를 수 있었는데 그 결론이란 것은, 적어도 얼음물처럼 청명한 정신을 유지하고 있는 지금이라야만 지상과 신체의 악惡을 제거할 수 있다는 사실이었습니다. 불신자들은 하나둘 팔다리를 끊어내고 휘뚝거리며 밖으로 나가 새하얀 안갯속에서 행복하게 그것을 들이마시다 죽었습니다. 결코 이들을 매도하거나 모욕해서는 안 됩니다, 왜냐하면 이미 그곳에서 이것이 자신의 입술이요 자신의 혓바닥, 자신의 언어임을 용감하게 선언할 수 있는 자들은 모조리 자취를 감추고 말았기 때문이지요.

3

기상은 악화하여 머리맡에 도사린 악마의 목소리조차 들을 수 없는 나날이 계속되었습니다.

백색 안개는 온갖 형체와 더불어 음향까지 먹어 치우고 하루가 다르게 몸피를 키우는 듯싶었으며 탐식의 빈터에는 흔적 하나 남지 않았습니다. 낮은 일그러지고 밤은 괴괴하게 뒤틀렸으며, 죽어 간 자리마다 침묵이 조용히 똬리를 틀고 앉아 제 반경에 접어든 희생양들을 무차별적으로 사로잡고 여분의 비명을 꺼내어 먹었습니다. 그 살해 역시 백색이었고 그 소화 과정 역시 고요하였으므로, 사람들은 허물을 잃어버리고 스스로의 우윳빛 죄 속을 무참하게 비틀거렸을 따름이요, 그렇게 걷다 지쳐 무릎이 꺾이면 눈 깜짝할 새 호흡이 무너지고 며칠 뒤면 시체조차 찾을 수 없게 되었습니다. 인기척이 없어지면 사람들은 자연히 기억하는 일을 관두었습니다. 그러나 벌레며 짐승들의 우짖는 소리 한 번이 들리지 않는 곳에서 굶주린 이빨이 그들을 뜯어먹었다고 생각하겠습니까, 미풍 한 점 없어 머리카락 한 올 날리지 않는 곳에서 바람이 그들을 장사 지내주었다고 생각하겠습니까.

4

그로부터 시간이 얼마나 지나갔는지는 오로지 안개만이 대답할 수 있을 것입니다. 정신을 차렸을 무렵 마을에 남은 거라곤 작디작은 아이 하나뿐이었고, 아이는 최대한 동공 가까이 손끝을 바싹 들이대야만 그것이 저의 손이구나 식별할 수 있는 지경에 이르러 있었습니다.

대기가 그 성분을 시나브로 적막으로 바꾸고 있음을 증명하듯이, 안개가 두껍고 짙어질수록 걸음은 발에 추를 매단 양 무거워졌고 눈 감았다 뜨는 일조차 어려워졌습니다. 살아 있음을 증거하는 것은 오로지 목 안에서 희미하게 잘그락거리는 숨소리뿐, 그 밖에 살아 있는 것들은 이미 오래전에 맥동하기를 멈추었고 좁은 세계는 깨어날 기미도 없이 잠들어 있었습니다.

젖빛 바닥에 모로 웅크린 아이는 어미의 손을 잡고 우물가까지 걷던 옛 추억을 아스라이 꿈꾸었습니다. 두레박을 저 끝까지 내리고 밧줄을 힘껏 당기면 아주 달고도 시원한 것이 입술부터 뺨까지를 단숨에 얼리고 당장 시급한 갈증을 해결해 주었을 터, 그러나 허공에 손을 뻗고 휘저으며 답삭이듯 움켜 보아도 걸리는 것은 안개뿐이었습니다. 작은 물방울 결정이 모여 있는 것처럼 보이지만 절대로 물 따위가 아닌 무엇, 연신 들이켜도 목마름을 해소할 수 없는 무엇. 이 이물異物에다가 안개라는 명칭을 붙여 주지 않은 다음에야 어찌 그 정체를 서툴게나마 규정할 수 있을까, 어쩌면 이것은 사람들이 저를 안개로 여기고 안개로 불렀기에 이만큼이나 끝 간 데 없이 자라난 것이 아닌가. 연한 눈꺼풀은 한동안 떨렸고 열없는 목숨은 부질없이 하느작거리다 가라앉았습니다.

보지 않고는 아무것도 믿을 수 없는 법, 두레박을 던져 영차 밧줄을 당기기 전까지는 무엇을 퍼 올릴지 모르고 저 머나먼 하늘에서 나른하게 빛나는 별의 아가미도 만질 수 없을지언정 죽음이 바로 눈앞에 도달하기 전까지는, 그것이 진정 죽음인 줄을 어찌 알 수 있겠습니까.

아이는 차츰 숨이 졸아붙는 것을 느끼며 저 하얀 어둠 속에서 반드시 결말의 모습을 한 날것이 나타나 제 목을 채가기를 기다렸습니다. 바야흐로 경계가 무뎌진 먹잇감을 향하여 흰 뱀처럼 배를 납작 붙이고 고개를 갸웃하며 서서히 다가오기를. 작게 스스스스 소리를 내며, 마침내 그 소리마저도 집어삼켜 버리며.

5

신비의 안개란, 한 발짝 물러서서 그것을 소식으로 받아 보는 인간들에게만 신비로운 것이었으므로 불가사의는 쉬이 잊혔으며 동화는 꼬마들에게나 주기 적당한 것이 되었고, 미지의 두려움은 우매한 공상이 되었습니다.

오랜 세월이 흐르고 누군가 그 재난의 자리에 와서는 가엾게도, 다 굶어 죽었군요, 하고 이야기했습니다.

우울

1

벗에게, 오전에는 의자에서 내려왔다.

네가 보낸 편지를 조금 읽었다. 우편함은 삭아 부스러지고 있어서 내용물을 꺼내려거든 필연적으로 손을 더럽혀야 한다. 그저 주변에 잡히는 종이를 아무렇게나 뜯어 거친 펜으로 갈긴 것에 불과한 물건을, 나는 밀랍으로 봉한 연애편지 대하듯 조심스럽게도 살살 읽는다. 보내는 이의 이름은 쓰여 있지 않아도 내 이름을 부를 이는 오직 너뿐이기에 따로 간지러운 언사 없이도 너로구나 한다.

조악한 안부 인사, 엉망으로 뒤섞인 서론과 본론, 그리고 삐뚤빼뚤한 글씨체. 너는 지금 추운 나라를 여행 중이라고 한다. 앞으로도 추운 나라만 방문하게 될 것 같다고도 한다. 끝이 보이지 않는 긴 터널을 지나 눈썹이 얼어붙을 때까지 밤길을 걸었다고, 온 길도 간 길도 다 잃어버리고, 결국은 밤의 꼬리가 새벽으로 하얘질 때까지 그대로 웅크리고 있었다고……. 솔깃한 이야기다. 내게 배달된 흰 종이에서도 혹여 눈송이의 냄새가 날까, 주위에 누가 있는지 짐짓 확인한 다음 거기다 코를 대고 킁킁거려 보았으나 이윽고 적잖이 실망하여 내려놓았다. 하기야 그런 먼 나라의 향기가 이곳에까지 묻어올 리는 없다.

여행이 즐거워 보이는 것은 다행이지만, 예로부터 길눈이 어두운 네가 앞으로도 이리 정처 없이 헤매고 다닐까 나는 무섭다. 과히 걱정이 된다. 지난번 편지를 쓸 적에도 그렇게 부랑아처럼 천방지축으로 다니는 건 그만두라고 점잖게 타일렀는데 너는 그걸 받아 보기나 했는지, 아니면 칠칠찮게 얻다 흘려 버렸는지, 내 당부에 대한 답은 없고 오로지 제가 나다니며 보고 들은 것들만 아름답게 적어 놓았다. 해사하고 맑고 변덕스러운 것이 꼭 어린애 일기와 같다. 나는 너의 방랑벽을 염려하고 못마땅해하지만, 한편으로는 가슴이 쿵쾅거릴 정도로 매혹되기도 한다.

결국 반나절 동안은 편지에 코를 묻고 네 머무르는 곳의 향기를 맡았다. 계속 맡다 보니까 나중에는 이것이 하얀 눈 내음인지 바삭한 종이 냄샌지 조금 헛갈렸다.

2

벗에게, 나는 의자 아래로 천천히 내려왔다.

아무에게도 고백한 적은 없으나 이 계절은 참으로 신경질적이다. 얼마만큼 신경질적인가 하니 걸음 걷는 것도 똑바로 올바르게 되질 않아 하는 말이다. 깨끗하게 싹싹 비질이 된 길을 걸어도 괜스레 허청거리고 허우적거리고 비척비척 넘어지기 일쑤다. 걷기 전에는 분명 없었던 돌부리에 걸려 꽈당 주저앉고 나서야 항상 때늦게 그것이 시야에 들어온다. 참말 불쌍하고 불공평한 노릇이 아니냐. 나는 대충 뒤를 털며 일어난다. 치솟는 홧김으로 인해 발에 걸리는 것들을 마구잡이로 툭툭 찬다. 조용한 시각에 산책 산책 한번 다 녀오는 것조차 날 이 갈수록 이상하게 어려 워 지고 곤란 해지니 별 일이다 달빛이 으 슥하게 깔린 골 목 을 지나 복잡 하게 구불 구불 휘어진 어진 오 솔길 로 들어선다 시장에

갈 생각이다 시 간이 시간이

남으면 공원까 지도 돌 아볼 생각이다 혹시 또 또 넘어

어 지지 지기라도 하면다시어 설 수가 일어설 수가 일 어설

수가 없을 것것없어 없을 것 같 것 같 같 같아 같아 벽 에 벽에 벽에 혹시 또 넘어지기라도 하면 또 일어설 수가 없을것 같 아 벽에

찰싹 붙 어

좁 은 좁은 좁은 길 좁은 길 위

은 위 길 위 를 따 따 따 따라 따라 따라 라 라

길 위

따 를

따 따 라
라 가 데?
가가 는 데?
는 데?
데데?
데?

너 아닌 아닌 다른 다른 다른 다른 다른 다 른 다른 다른른 다른 다른 너아닌 다른 른 른 사사 사람 람의 시선 시 시선 시선 시선 시선시선 시선이 나를 나를 가끔 가끔 ? 가? 끔 ? ? ? 끔가 끔 흘 낏 흘 낏 살금 살 금 흘기고흘 기고 기고 지 나 간 다 지나간 지나 간 다 간 다 오랫동안

아주

아주, 아주 오래 오랫동안 오래 왕래가 없 었었었 없 던그 낯선

눈 동자 눈 눈동 눈동자들 눈동 자들 눈동 눈동 자 눈 눈동 자 눈 눈동자 ?눈 눈동 자 눈 동 자 눈 동 자들 눈 동자? 눈동자 눈 동자 눈동자 눈동자 자 눈 동 자 자동자 눈 눈동 자 눈 눈 동동 동 자자 자 자?? 자? 눈 동 자 눈 동 자들 눈동 동동 눈눈 눈눈눈 눈동 동자들눈 눈동자들 눈눈 동 동자자 눈눈동 동 동 눈 동 자자들 눈 동자? 눈동자 눈 동자 눈 들 동 동자 눈눈동자 자 눈 자 눈 동 자 자 눈 자 동

자 눈동자눈동자눈동자눈동자눈동자눈동자눈동자눈동자 눈동자 눈동자? 눈동자 들

은 눈 동 자 들은

맹수 맹 수 맹수 맹수 의 것처럼

것처 럼 것처 럼 처럼 새 파파 랗 게 새 새파 파아 파랗게 빛 빛이 나는 것같 같 아아 같 아 새파 랗게 파랗 게 빛

빛?

빛? 빛?

빛이 나 나 빛 빛 빛 나는것같

아 같 아 같아서

나는 나나는 는? 나 나는 그눈길 받는 것 것 것만으로 도몹시

그 눈 길 길 눈길 눈길 눈길 눈? 눈길 받는 것 만 으 몹시 춥 춥다 춥다 몹시도 추워 추워 추워 추워 추워 추워 추워 추워추워추워추 워추워추워추워? 정말? 정말? 추워? 추 워 추 춥다 몹시 춥다 그 것

그 눈은

등불 처럼 등불 등 불

등불처 럼

럼 오롯이 빛 날 뿐 말 말이 없 없?없 ? 없없 없는없는는데없없는 데 없는데없는데 이이 이상 이이 이

이상이 이이이이이 이상 이상? 이상 이상 이상 이상하 이상하지 이상하지 이상 하지하지 가끔은 소 리가 들린다 이상 이상하지 ? 입 술 입? 술 입술 입 입술 이 없으 니 말 말말? 말? 말? 말? 말??? 말?? ?? ??? ?? ?? ?? ? ? ? ? 말? 말도 말 말도 못도 못 못 할 텐데 그런데 나 나 나불나 나불 지껄이 지껄 이 지 지껄 지

껄 이는

? 는 ?

소리 소리 소 리 소리 소리 소리 소리 소리 소리 소리 소리 소리 소리 소리 소리 소리 소리 소리 소리 소 리 리 리 소 리 소 리 소 리 소 리 소리 소리 소리 소 리 소리 소리 소리 소리 소리 소리 소리 소리 소리 소리 소리 소리 소리소 리 리 소리 소리 소리 리 소리 소리 소리 리 소리 소리 리 소리리 소 리소 리 소리 소리 소리 소리 소

리 소

리를 소리 를 ? 소리를

듣는

다

듣

듣는다

정말?

듣는 드듣는 다다 듣기 때문 때문에 귓전이 시끌시끌 할 정도로 아프다 죽 도록 아파 너 무

아파 너 무나 아파

아파아파아 아파아파아파 아파 아파 아파 아파 아아파아파아파아파아파아파아파 파 아파 아아 파 아아아아 파아 아파아아 아파아 아 아 아 아 아 아 아 아 아 아 아파 ? ? ?

아아파아파 아파아파 아파 아파아 파 아파

아 아아 아 아 아 아 아 아아 아 아 아 아 아 아

아아 아 아파 아파 아파 아파 아파 아파 아파 아파? 아파 아파 아파 아파 아파 아파 아파 아파 아 파 아파 아 아파파 아파 아파 아파 아파 아파

파아파 아파 아파 아파아파아파 아파 아파 아파 아파 아파 아파 아아 파 아아 아 아 파 ??? 아파 ? 아파? 정말? 아아 파아 아파아아 아파아 아아 아 아 아 아아 아 아아아아 악 아아아아아아아아 악 악

아 아아 아아 아아 아 아파 아파 아파 아파 아파 아 아

아 파 아 아파서 아파 아파서 견 견딜 견딜 견

견딜 수가 없

없 어 없어 이상 이상
이상

하지
이상하지?

3

벗에게, 오늘은 의자에서 내려오기까지 한참이나 걸렸다.

네 편지가 전에 없이 길고 두서없다. 내용을 이해하기도 좀처럼 쉬운 일이 아니구나. 삭은 우편함 속으로 비닐장갑을 끼고 조심조심 꺼내어 본 편지는 검은 글씨, 이상한 글씨, 전과 다를 바가 없는데 왜 그럴까? 도통 알아들을 수 없는 소리뿐이지만 단 하나, 피곤한 상태에서 썼다는 것만은 알겠다. 네가 너무 위험한 곳으로만 안 가면 좋겠는데, 그런데도 너는 도리어 내 안위를 걱정하고 있다.

나는 책상에서 새로 하얀 종이를 꺼내어 모든 것이 괜찮다고 쓴다.

내 집은 안락하다. 사각형 좁은 방이지만 있을 것은 다 있다. 문 앞에 딸랑 하나 있는, 더러운 우편함도 네 편지를 받으니 제구실은 충분히 한다. 생각해 보면 그게 가장 중요하지. 모든 물질이, 동력이 톱니처럼 꽉 맞물려서 차곡차곡 돌아가고 있다는 것. 이 빠진 그릇 같은 건 더는 찬장에 머물러서는 안 된다는 것. 나는 작은 톱니바퀴처럼 매일 새벽에 일어나 목욕하고 집안 곳곳을 먼지 한 톨 없이 청소하고 아침을 차려 먹는다. 화분에 물을 주는 것과 스트레칭과 옷을 다리는 일도 빼먹지 않는다. 네가 매일 먹으라고 준 비타민도 꼬박꼬박 챙겨 먹는다. 신문이나 책은 얼마든지 들여다볼 수 있지만 성분표를 읽는 일은 너무 눈이 아파 관뒀다. 네가 두고 간 쪽지를 낭랑한 소리로 외어 보면 이렇다. 하루에 두 알, 아침저녁으로 식전이나 식후 30분 안에 복용하세요. 그러나 저녁에는 졸리고 입맛이 없어서 끼니를 매번 거르기 때문에 비타민은 좀처럼 줄지 않는다. 어쩔 수 없어. 손바닥 위에 한 알, 올려놓고 보면 그 색이 꼭 네가 여행지에서, 그러니까 예의 추운 나라에서 질리도록 보았다는 얼음이나 수정 결정을 떠올리게 한다. 말갛고 파랗고 예쁘고 투명하고 깨물면 신맛이 난다. 으으…….

정말 몸이 부르르 떨릴 정도로 시다. 나는 혀로 입술을 한 번 핥는다. 침대에 드러누우니 머리가 찡했다.

4

벗에게, 오늘밤은 하는 수 없이 의자에서 내려와야만 했다.

초저녁잠에서 깨어나니 엄청나게 허기가 진다. 배때기에 든 게 없으니 뭘 하려고 해도 기력이 없어 움직이기도 귀찮다. 내게 힘이 있다면 제일 먼저 나부터 쳐부수고 말 것이다. 저번에 얘기해 줬던 그 악몽, 악몽인지 신기루인지 착각인지 진짠지, 하여간 정체 모를 그 현상에 관해서 너는 속 시원하게 대답을 주지 않는다. 바깥에 나가면 사람들이 다 나를 쳐다보는 것 같아. 나한테, 막, 그렇지, 속으로 자꾸 말을 걸고, 나를 비웃어, 그러더라니까. 그리고 자꾸 내 걸음은 빗나가고, 나는 이상하게 계속 기분이 나쁘고, 내 주소는 아무리 기억해 내려 해도 기억나지 않아. 하긴 그런 이야기를 진지하게 생각해 줄 거라고 믿은 내가 병신이다. 그래도 나는 너를 원망하지 않는다. 원망해서는 안 된다. 너는 원래 똑똑했고, 나는 원래가 바보 멍청이 얼간이 등신 빙충맞은 천치에 꿈도 없는 실패작이다. 아하, 꿈도 못 꾸는 실패작. 그게 더 나쁘다. 꿈을 꾸지 않는 것보다는 못 꾸는 게 훨씬 비참한 법이니까. 나도 내가 왜 그렇게 생겨 먹었는지 모른다. 그 답은 너도 모를 것이다. 그토록 영리하고 이성적인 너조차 감히 나를 정의하지 못한다.

가만히 눈을 내려 침대 아래로 축 늘어트려진 두 발을 본다. 모든 생기가 빠져나간 육체, 볼품없이 마른 다리를 지면에서 들어올리는 일조차 버겁다. 발 한 짝 떼는 방법부터 모르므로 당연히 어떻게 걸어야 하는지도 모른다. 제대로 걷는 방법을 몰라 나는 시종 비틀거리는 걸까. 그냥 걷기 싫은 건 아니고? 네가 이상한 건 아니고? 실은 아주 아주 아주 처음부터 네 다리며 팔이며 머리 영혼 생각 감각 따위는 죄다 정상이 아니었다고, 보기 흉했다고, 걸음마부터 다 상했던 거라고 목소리들이 말한다. 소리를 높여 웃어 댄다. 불필요하게 수태하고 불합리하게 태어나고 처음으로 바깥공기를 받아들였을 적부터 그릇되었다고 말한다. 말하고, 떠들고, 숨죽여 킬킬거리고, 조소를 섞어 등허리를 찌른다. 뒤탈이 없도록 일찍 싹을 잘랐으면 좋았으련만. 창백한 양손으로 새삼스러운 나의 얼굴을 더듬거린다. 모든 것이 생경하다. 모든 것이 내 것인데 내 것이 아니다. 나는 너의 배 속에서 태어나 하염없이 거리를 헤매는 유령과도 같다. 망가진 다리와 해로운 생각, 때로는 해로운 다리와 망가진 생각으로 뿌리내리고, 흔들거려 너를 어지럽게 하고, 끝내 길을 잃어버리고 마는 유령.

어느덧 깨진 거울 조각이 침대 아래 널브러져 새빨간 선혈이 발등 위를 구른다. 물끄러미 굽어보노라니 나는 드디어 너를 원망하고 싶다. 저기 비치는 너를 더럽힐 바에야 죽여 버리고 싶다. 네 빛이 나를 지울 바에야 너의 영원한 밤이 되고도 싶다. 현기증 닮은 생각이 숨통을 조이고 흐느끼는 웃음이 목구멍 안에서 제멋대로 널을 뛴다. 춤을 춘다. 끓다 터져 나온다. 이 일을 어쩌면 좋지, 왜 이유도 없이 나는 자꾸만 웃음이 나고 웃음 끝에는 꼭 울음이 나지. 이 밤은 전에 없이 낯설고 차가운데 왜, 왜 나는 아무것도 두려워하지 않지. 창밖은 시나브로 희붐하게 밝아 오는데 마음은 미치도록 깜깜하여 일말도 몰아낼 수 없다. 발끝을 적시는 새벽에 티끌만큼도 물들 수가 없다.

식은 목을 주무르며 나는 일어선다. 일그러진 발로 어둔 곳을 향하여 걸어간다.

5

벗에게, 의자 위에 누가 서 있다.

6

벗에게.

나는 의자로 올라간다.

단단히 묶은 매듭을 어루만진다.

전부 거짓말이다.

아무도 내게 편지하지 않는다.

안녕하세요, 강은우입니다.

지면을 빌려 인사드리는 것이 과히 오래간만의 일입니다.

감사하게도 최대흐림을 재제작할 기회가 닿아서, 초판을 고스란히 옮기고 작가의 말만 바꿔 적는 것보다는 새로운 디자인, 새로운 구성으로 가꾸어 개정改正보다는 개정改定함으로써 증보판을 하나 만드는 것이 어떨까 하는 욕심이 생겼습니다. 그러므로 이 책을 재쇄라 부르기는 어려울 것입니다. 초판에는 장마다 25편씩 총 100편의 글을 실었는데, 이번 판에 와서는 그러한 강박과 집착을 조금쯤 집어던지고 — 그러나 몇몇 독선은 그대로 남겨 두고서 — 책을 다듬고자 애를 썼습니다. 대칭을 맞추는 버릇이 줄고 보기에 조금 덜 예쁜 기름한 시들이 대거 삽입된 것도 이러한 반항 심리에서 기인했습니다. <우울>을 고칠 때는 지면 낭비라는 생각에 수십 번을 뺐다가 넣었다가 반복했습니다. 일의 효율을 좇지 않으니 더디고 고생스러운 과정이었습니다. 강박이 사라졌다기보다는 조금 사람이 나슨해졌다고 읽어 주시면 좋겠습니다.

본래 전철이 다니지 않는 곳에 살다 최근 북적북적한 곳으로 이사했는데, 작은 방에 가구를 빈틈없이 채우고

자 줄자를 들고 이쪽저쪽 아주 세밀한 곳까지 치수를 쟀습니다. 그러다 어느 한 면이 정확히 201센티미터가 나오자, 옆에 서 있던 디자이너 겸 개발자가 한동안 불편한 눈으로 그 숫자를 노려보고 몇 번 더 시도해 보다가 말했습니다. '201이라고? 그런 건 있을 수 없어. 200으로 해.' 그래서 200이 됐습니다. 그 때문인지 모르겠으나 추후 예쁜 파란색 러그를 들였는데, 공간을 완벽히 착 메우지 못하고 어느 한쪽이 1센티미터쯤 애매하게 남게 되었습니다. 누군가의 잘못인지 러그의 상세 치수에 오차가 있었는지는 알 수 없습니다. 여하간 파랑 러그는 방과 포실하게 어울립니다. 이 책은 그 1센티미터를 눈감아 주는 기분으로 편집했습니다.

많은 분들의 너그러운 온정과 애정으로 맺음말을 쓸 수 있게 되어 기쁩니다.

늘 깊이 감사드립니다.

건강하시기를, 그리고 평온하시기를 바라겠습니다.

총총

2021년 9월, 강은우

최대흐림

강은우

글

강은우

개정 1쇄 펴냄 **2021년 11월 10일**

편집 **강은우**

감수 **송재은**

디자인 **김현경**

레터링 디자인 **이주현** @type.eeu

펴낸곳 **warm gray and blue**

이메일 **warmgrayandblue@gmail.com**

인스타그램 **@warmgrayandblue**

출판 등록 **2017년 9월 25일 제 2017-000036호**

ISBN **979-11-91514-05-6 (03810)**